源氏の白旗《しらはた》

落人《おちうど》たちの戦

武内 涼
Takeuchi Ryo

実業之日本社

目次

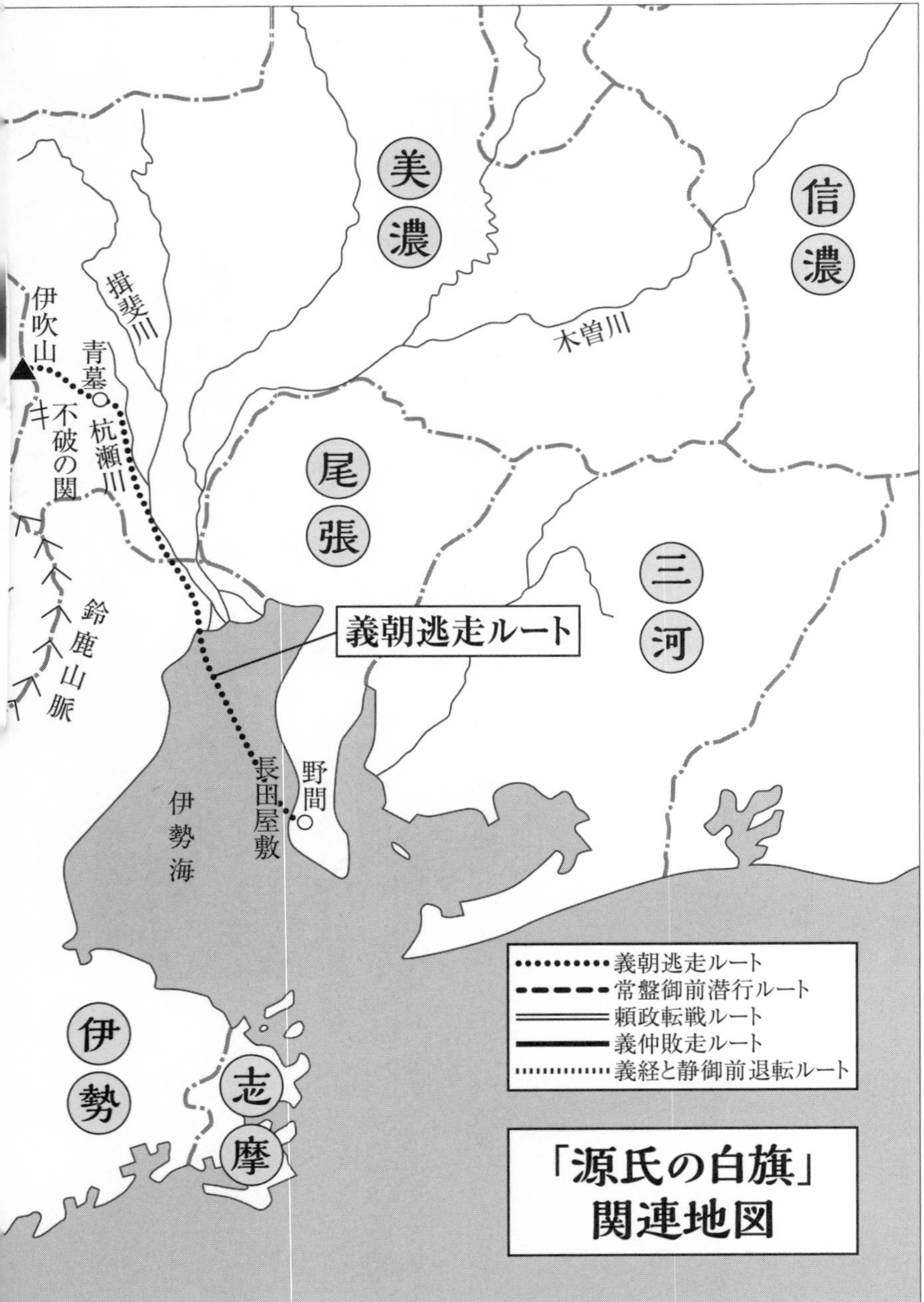
美濃
信濃
尾張
三河
伊勢
志摩
揖斐川
木曽川
伊吹山
青墓
杭瀬川
不破の関
鈴鹿山脈
義朝逃走ルート
長田屋敷
野間
伊勢海
義朝逃走ルート
常盤御前潜行ルート
頼政転戦ルート
義仲敗走ルート
義経と静御前退転ルート
「源氏の白旗」関連地図

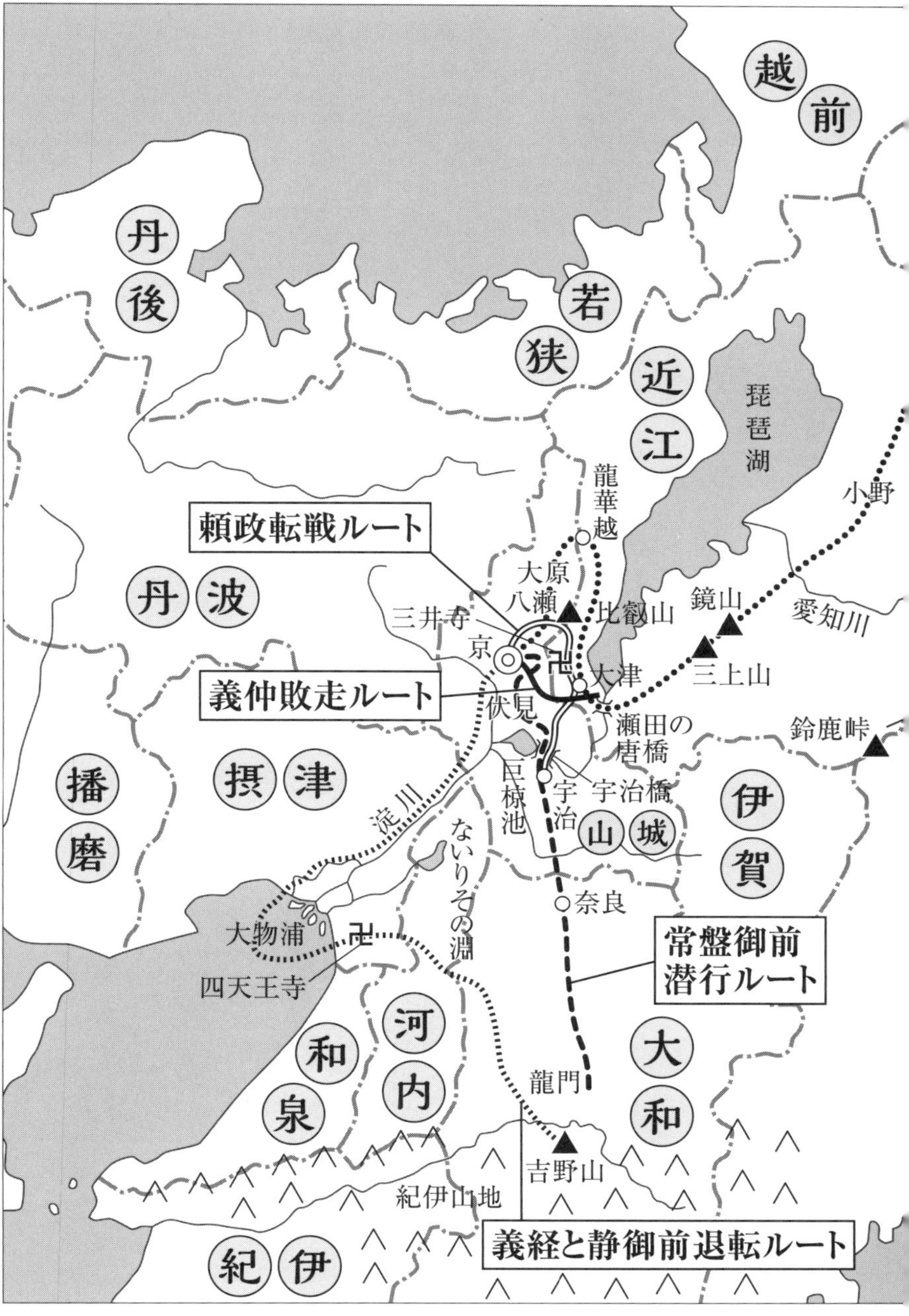

越前
丹後
若狭
近江
琵琶湖
龍華越
小野
頼政転戦ルート
丹波
大原
八瀬
比叡山
鏡山
愛知川
三井寺
京
三上山
大津
義仲敗走ルート
伏見
瀬田の
唐橋
鈴鹿峠
播磨
摂津
巨椋池
宇治
宇治橋
伊賀
淀川
山城
ないりその淵
奈良
大物浦
四天王寺
常盤御前
潜行ルート
河内
和泉
大和
龍門
吉野山
紀伊山地
義経と静御前退転ルート
紀伊

装　画　浅野隆広
装　丁　泉沢光雄
地図製作　千秋社

奔《はし》る義朝

——源義朝

殺伐とした記憶の嵐が吹いている。その中から、

『勝ちを信じております』

常盤《ときわ》の唇のみずみずしさが、蘇る。

……信西《しんぜい》を討ち、廟堂《びょうどう》を席巻したはいいが……。

後白河院《ごしらかわいん》の寵臣、信西を急襲、首を刎《は》ねた義朝《よしとも》や藤原信頼《ふじわらののぶより》の行いを——血塗られし暴挙と見る向きも、公家衆に少なくない。

辻風が砂埃を吹きつけて、逃げる義朝は馬上で面《おもて》を歪《ゆが》ませる。

——坂東の当り前も、京では通用せぬ。……存じておったが斯程《かほど》の反感をかうとは。

反感は、逆風を起こし、逆風は信西としたしかった平清盛《たいらのきよもり》の追い風となっている。

源《みなもとの》義朝は十分わかっていた。が、絶世の美女と名高い最愛の愛妾、常盤の前ではどうしても強がってしまう己がいた。

戦の前、不安を見せる常盤に、

『源氏の武者の方が平家の者どもよりも強い』

と、太眉に力を込めて説き、

『摂津《せっつ》源氏の頼政《よりまさ》も土壇場でこちらに味方する。清盛の味方は、少ない。案ずるな』

——わしは、間違っておらぬ。

半ば常盤に、半ば己に言い聞かせていたのである。

『……案ずるな』

……だがわしは、こうなると何処かで知っていたのやもしれぬ。

蓋を開けて見れば頼政は平家方につき、同じ源氏の出雲守光保《いずものかみみつやす》、伊賀守光基《いがのかみみつもと》までが寝返る始末。

——父と弟たちを、見捨てたからか？　これは五逆罪を犯したわしへの罰か……？

父殺し、弟殺し、己につきまとう批判を思い出す。

刀で斬られるような苦しみが心の古傷を痛ませ、義朝は厚い唇を嚙《か》んだ。

五逆罪——仏法が説く、五つの大罪だ。父殺し、母殺し、阿羅漢《あらかん》を殺《あや》めること、仏の体から血を流させること、僧団の和を乱すことである。

平治《へいじ》元年（一一五九）。十二月二十六日。

赤地に金と白の小葵《こあおい》が浮いた錦の直垂《ひたたれ》に、黒糸縅《くろいとおどし》の鎧《よろい》、鍬形《くわがた》打ったる黒色の五枚兜《かぶと》、黒駒に黒《くろ》鞍《ぐら》を据えた源義朝は、惻々《そくそく》たる足取りの敗軍百余りを率い、洛北《らくほく》へ走っている。

矢が突き立った鎧の大袖から、暗い気が漂っていた。

三年前、後白河帝と崇徳院《すとくいん》が争った保元《ほうげん》の乱で、義朝は天皇方として戦った。

味方には、信西、平清盛。

一方、敵、すなわち上皇側には――父、源為義《ためよし》、そして為朝《ためとも》を中心とする幾人かの弟、平忠正《ただまさ》がいた。忠正は清盛の叔父《おじ》である。

戦は、義朝率いる坂東武者の激しい武者ぶりもあり、天皇方が勝っている。

義朝はかつて父から疎まれ、遠ざけられた。東国に追われた頃は自暴自棄になり、街道沿いの遊君たちに溺れ、幾人もの子をもうけた。が、やがて心を入れ替えて武芸に励み草深き坂東に割拠する幾人もの荒武者を腕ずくで平らげ、不平分子をこね、東国最強の武士団をほぼ独力で練り上げた。

父から疎まれた子は、父を上回る武を手に入れ、父が仕える崇徳上皇とは別勢力――後白河天皇の一派に近づいた。上皇と天皇が争ったことで父と子は敵同士になった。

――親父を憎んでいた。いつも、わしには冷たく、陰険な仕打ちばかりをし、弟の義賢《よしかた》に目をかけていたあの男を。だが、戦に負け、敵方にまわったわしを頼ってきた父を……斬りたくはなかった……。

信西と清盛は、後に親戚になろうとすることからもわかるが、一蓮托生《いちれんたくしょう》だった。戦は強いが、政《まつりごと》を苦手とする義朝は、乱の勝ち負けしか見ていなかった。だが、老獪《ろうかい》な策士、清盛は遥《はる》か先を見ていた。

共に戦いつつ清盛は勢いづく義朝の力を削ごうと企《たくら》んでいたのである。

乱後、清盛は、信西にはたらきかけ、敗将で叔父の忠正をもらい、自ら斬り捨て、義朝を父殺し弟殺しから逃れられぬ形にはめ込んだ。清盛は叔父を斬った、そなたも父と弟を斬れよう、という論法だ。義朝は、恩賞の棚上げと引き換えに父を助けて欲しいと、涙ながらに朝廷にたのむも、禁裏は冷ややかな勅を下した。

『其《そ》は許されぬ。そなたに下された恩賞も、そなたの父に下される罰も、これ全て、主上の宸念《しんねん》。拒むことは出来ぬ』

保元の乱で最高の手柄を立てた義朝に、父、為義、そして賊軍にくわわった弟たちを斬れと告げてきたのである。

これには時の朝廷のご意見番というべき中院右府入道《なかのいんうふにゅうどう》などから異論が噴き出た。義朝の手柄を顧みるべきだし、朝廷が長らく死罪を禁じてきた故実から見ても、死刑は不当と。

が、帝は信西に動かされ、信西は清盛に吹き込まれていたから、左様な正論は通らぬ。早く為義を斬れという勅命が矢継ぎ早に義朝に浴びせられる。

義朝は愕然《がくぜん》とし心が折れかけ混乱した。何と無慈悲なことよと思うた。幾度も仲違《なかたが》いしてきた為義だが親は親。……助けたい。だが、父を助ければ、自分も逆賊とされる。義朝も、その家族も、滅ぼされる。——信西はそこまでやる。

義朝はとうとう勅命に逆らえず家来に命じ、父と弟九人を斬り、父殺しという決して拭い取れぬ悪名をかぶった。

源氏の武士たちの間に義朝への反発が起きる。

たとえば、泣く泣く処刑人を命じられた家来の一人と、義朝の関係が悪化した。

源氏は切りきざまれた。

論功行賞もまた不公平だった。

一番手柄を立てた義朝への恩賞は薄く、旨味に乏しかった。二番手柄というべき清盛への恩賞は義朝よりずっと厚く、旨味豊かであった。


後白河帝が息子に位をゆずり、後白河院となった頃、義朝に近づいてきた男がある。

藤原信頼。

後白河院の寵愛《ちょうあい》を信西と争っていた公家《くげ》である。信西により出世が妨げられていると思った信頼は、義朝に、

——共に信西を討ち、天下を動かさん。

もちかけた。

信西、清盛へ憎しみの焔《ほむら》を燃やしていた義朝に断る謂《いわ》れなどない。

二人は強い軍勢を擁する清盛が熊野《くまの》詣でに出た隙に兵を挙げ、信西を討っている。

得意とする奇襲で信西一味を滅ぼした義朝だが、誤算が三つ、あった。

義朝は戦は自分がするが、その後の政は信頼がしかとおこなってくれるものと考えていた。ところが信頼は……信西を討ち、すっかり満足した。何かあたらしい方向を打ち出すでもなく美女たちをあつめ、有頂天になって戯れるのみ。やったのは信西の子供たちの遠流、義朝の播磨守《はりまのかみ》任官くらいか。

これが、一つ目の誤算。

いま一つの誤算が、紀伊《きい》から急ぎもどった清盛の館に、二条《にじょう》天皇と後白河上皇が逃げ込んだ一件。すなわち、玉《ぎょく》を取られたのである。源氏は賊軍に、平氏は官軍となった。おまけに源氏には義朝が父を斬った日に心がはなれてしまった侍もいる。

三つめが引き起された逆風の大きさ。

義朝は清盛と戦う段になって——清盛はもう幾年《いくとせ》も前から己と戦っており、将棋で言えば既に王手をかけられていること、討ち取った信西は清盛の有力な駒の一つにすぎず、清盛という王は堅い陣の向うにいるのだという事実を思い知らされた。

——今でこそ我が敵は信西でなく、その陰に隠れし清盛だったとわかる。狡知にたけた男よ……。だが、わしは家来を信じたい……坂東武者の武を信じたい。

今日、十二月二十六日。源義朝と平清盛、両雄は都大路で死闘を繰り広げた。

もともと平家方は兵が多く、士気も高い。

加えて味方の光保、光基の裏切りが、源氏方をうろたえさせた。源頼政がかねてよりの約定を踏みにじり、平家に与したことは、義朝を怒らせた。

長男で血の気の多い悪源太義平《あくげんたよしひら》は五条河原で頼政の兵を見かけるや、僅かの郎党と共に火が出るような突撃を仕掛けた。

これを見た義朝は、

『義平を、死なすな！　頼政めを逃がすな！』

自ら鴨川《かもがわ》に黒駒を乗り入れ、源平両軍の間で漂う動きを見せ、巧みに強い方にまわった男を討たんとした。

義朝の猛撃を見るや、頼政は、

『義朝までできおった！　ここは退くっ。退けぇ！』

素早く背を見せている。

頼政の郎党、渡辺競《わたなべきおう》の奮戦もあり、義朝は頼政を討ちそこねた。

『逃げ足だけは早いな、頼政！』

鬱憤冷めやらず鞭《むち》を振った義朝に家来、鎌田正清《かまたまさきよ》は静かな声で、

『殿の真の敵は頼政ではありませぬ。清盛にござる。そして、清盛を討てば、この戦は終り――日本六十余州は殿のものになるのでござる』

『……そうであった』

鎌田の進言をいれた義朝は清盛が守りを固めた六波羅《ろくはら》の要害に攻めかかった。平家の大邸宅である。

だが、清盛の守りは、まさに金城湯池《きんじょうとうち》。分厚く、堅く、ぬかりなかった。

源氏は完膚《かんぷ》なきまでに打ち破られた。

敗残の兵、百余りをつれた義朝には、悪源太義平、次男、朝長《ともなが》、三男で跡取り、つまり嫡男の頼朝《よりとも》、伯父の義隆《よしたか》、乳母子《めのとご》の鎌田正清、郎党たる斎藤実盛《さいとうさねもり》や後藤実基《ごとうさねもと》が、従う。

洛中にのこしてきた常盤の許《もと》に、武蔵《むさし》の渋谷《しぶや》という片田舎の若者、渋谷金王丸《こんのうまる》を走らせた義朝は八瀬《やせ》辺りまで馬をすすめている。

……負けたわ、常盤。我が精鋭なら平家の腰抜けどもを押し返せると思うたが、甘かった。甘すぎた。

最愛の女《ひと》が生んだ幼子三人の行く末が心掛りで歯ぎしりしている。常盤には都が落ち着くのをまち、山里に逃げ隠れて、そこで便りをまてと、言いおくった。ずいぶん心許なき伝言と思うだろうが、今はこの他に手がない。

一方、義朝は本拠地、坂東へ奔る気だった。むろん清盛は抜かりなく手まわししていよう。逃げおおせる望みは、薄い。

——じゃが、都で巻き返す術《すべ》ももはや、ない

負傷した者が脱落したり、別の方に逃げゆく者もいて、先ほどまで百人余りいた味方は今、八十人ほどになっている。

左は常緑樹が青く茂った山だ。右手は枯れ薄《すすき》の向うに、八瀬川が流れていた。神々の戦で打ち捨てられた灰色の鎧のような、荒々しい岩の間を、清らな急流が飛沫《しぶき》を上げて駆け下っていた。川をわたった先は比叡山《ひえいざん》の急傾斜で、寒々とした落葉樹の林に、青い笹、白い雪がみとめられる。

と、前を睨《にら》んだ義朝の太く濃い眉がうねる。血走った双眼に殺気が灯《とも》っている。

——敵か。

落人《おちうど》を狩って褒美にあずかる気か。

比叡山西塔《さいとう》の僧兵が、逆茂木《さかもぎ》で道をふさいでいる。

その数、百五十から、二百。薙刀《なぎなた》が銀の波をつくっている。

先頭、佐渡式部大夫重成《さどのしきぶのたいふしげなり》が、

「気が早いの。まだ、死んでおらぬのに、山の久住者《くじゅうしゃ》が、経を聞かせてくれるようですな。如何《いかが》しますか頭殿《こうのとの》」

冗談めかして言う。

頭殿とは義朝のことだ。

立烏帽子《たてえぼし》をかぶり口髭《くちひげ》を生やした重成は源氏きっての洒落者《しゃれもの》。緑や赤、青に白、櫨色《はじいろ》、様々な色が横並びした色々縅の鎧をまとっている。

義朝の遠縁で、武技は拙いが、いつもおかしなことを言う。皆を和ませてくれる男だ。

義朝は、小さく笑い、

「あれは荒くれ者の西塔法師。清盛はかねてより叡山と昵懇《じっこん》。我らが此処《ここ》を通ると読み、手まわししていたのだろう」

黒鎧の大将が言うと、緋縅《ひおどし》の鎧をまとった鎌田正清が、

「味方は八十ばかりか……」

敵には十分備えがあるようだ。かといって、引き返せぬ。平家の追手がひたひたと迫っている。一気に、突き破る他ない。西塔法師に苦戦すれば追手が後ろから来て挟み撃ちにされる。

最悪の予想が胸底《むなそこ》で漂った。

――斯様《かよう》な所で法師武者に首を取られるか。

鋭い眼光、厚みがある鼻と唇、端整だが浅黒く、雄々しい精気に満ちた義朝の面《おもて》は、険しい。

……今死ぬるわけにゆかぬ。

長いこと、東国は都から嘲られてきた。

野蛮人の住む地の如く言われ、都に上った東国の者は、公卿たちにこきつかわれてきた。京にへつらう者も東にはいる。

だが、反発を覚える武人《もののふ》もいた。

平将門《まさかど》、平忠常《ただつね》……。

義朝はそうした反骨の将の系譜に立つ。

都育ちの義朝であったが自らを関東に追った父にずっと反発を燻《くすぶ》らせてきた。義朝がかかえた反骨は、都への不満を淀ませてきた東武者《あずまむしゃ》どもと、深い処で気持ちを通わせている。

信西を討つ覚悟を固めた時、義朝は、

——都の増上慢の輩《やから》を、叩《たた》き潰してくれるわ。

そんな信念を燃やしていた。義朝が斃《たお》れれば東国はより一層、都に踏みにじられよう。

……大きなもののために、わしは血をわけし者も敵としてきた。

だが、父を殺めたことは義朝に深い悔いをのこした。その悔いは、前触れもなく義朝を襲い、苛み、迷わせる。過ぎたことを悔やんでも仕方ないと己に言い聞かせても、襲ってくる。今がそうだった。

——わしは正しかったのか？　誤っていたのか？

「如何された？」

斎藤実盛が追いついてきて義朝ははっとした。

実盛は、知勇兼備の士である。思慮深き面差しで逆茂木をうかがった実盛は、

「……西塔法師ですか」

小柄で表情に乏しいが、義理固く豊かな心を秘めた男である。義朝が弟の義賢を討った時、実盛は義朝に内緒でまだ嬰児《みどりご》であった義賢の子を信濃《しなの》の山深くに隠している。

この実盛に隠された赤子こそ——木曾義仲《きそよしなか》である。

「よし。みどもが、お通し致す。みどもの行いがもっともよいから、法師原《ばら》の相手はみどもにござろう？」

滅多に大言を吐かぬ口から大きな言葉が出た。

「出来るのかの？　おことに」

訝《いぶか》しむ佐渡重成だった。豪快な後藤実基が鼻毛を毟《むし》りながら、お手並み拝見という顔を見せる。

「——うむ」

さっと下馬した実盛は兜を脱いで肘にかけ、厳《いか》めしい荒法師どもの壁にゆるりと歩み寄り、

「西塔法師衆、ようく聞いて下され！　我ら蜘蛛《くも》の子の如くつまらぬ端武者《はむしゃ》に候！　ただただ命惜しさに国に逃げかえる処《ところ》にて、たとえ首を召されても……罪をつくるばかり！」

「…………」

「我らが如《ごと》き下郎を討った処で手柄になりますまい？　御身らは……僧徒にござろう。しかるべき身分の者でも情けをかけて見逃すのが仏家の務めでは？　なのに、こんな下郎どもに、薙刀や

弓矢、何の御用にござる？　物具《もののぐ》を進呈しますゆえ、命だけは……命だけはっ」

切実に呼びかけている。

実盛の正論に、僧兵どもはしばし、黙していた。やがてひそひそ話し合いをはじめる。

片手に兜を下げ、もう片手で馬引く実盛は、ゆっくり逆茂木に寄る。

義朝以下八十人の兵はじっと立ち止っている。

「さらば、物具、投げよ」

僧兵の一人が、言った。

「承知っ」

実盛は、兜を高く放った。

と、

「端武者にしては見事な兜……」

「俺のじゃ！」

「いいや、わしのじゃ！」

「まて、わしが先にさわったっ」

兜をめぐって、僧兵間に争いが起きた。勘が鋭い義朝の黒駒が、緊張したか、耳だけ静かに後ろに動かす。

刹那、実盛は、素早く馬に跨《また》り一気に鞭打った。栗毛《くりげ》の駒が高く跳び――逆茂木を飛び越す。

兜をめぐるおしくら饅頭《まんじゅう》に馬を突っ込ませ、

「長井《ながい》斎藤別当実盛とは我がことぞ！　我と思わん者は、寄りあえや！　いざ、勝負」

奔馬が混乱を蹴立てる。

「……実盛とな！　ひっ捕らえよぉっ」

年かさの法師武者が、叫ぶ。

「今ぞ！　者どもすすめぇっ！」

義朝から下知《げち》が飛んだ。黒駒が、猛然と土を蹴る。

関東の兵《つわもの》どもは一斉に馬に鞭当てすすんだ。騎馬武者どもは皆、逆茂木を馬に飛び越えさせた。

が、ただ一人、汗じみた鉢巻きを締めた後藤実基だけが、下馬した。実基は恐ろしく太った男で馬を飛ばせる自信が無かったのだ。

「うぉぉ！」

巨体が気を爆発させ逆茂木に突っ込んでいる――。

実基の体当たりがあたえた衝撃波は大きく、逆茂木を吹き飛ばすに十分であった。

逆茂木が倒れた所から徒歩《かち》武者が斬り込む。

僧兵たちは、あるいは馬に蹴られて大怪我《おおけが》し、あるいは八瀬川まで跳ね飛ばされ、反撃どころではない。

敗軍は一人の脱落者も出さず、落ち武者狩りを貫いた。

少し北に行った所で、義朝は左から呼びかける声に気づく。聞きなれた、しかし、耳にしたくはない声——。左方は、木が深く茂った寒谷峠《さむたに》で、峠を越えた先は岩倉《いわくら》だ。

「やっ、やぁーいっ!」

黒駒を止めて振り返ると美麗な装束の男が幾人かの落ち武者にかこまれ、樵《きこり》がひらいた小道から大馬を走らせてきた。赤錦の直垂に紫裾濃《むらさきすそご》の鎧をまとっていた。頭に白星の兜、腰に黄金造りの太刀《たち》。

藤原信頼だ。

総大将・信頼は敗色濃しと見たとたん、義朝より早く戦線を脱けた。恐らく、下鴨《しもがも》から岩倉へ、岩倉から寒谷峠を越えて、現れたのだ。

色白の信頼、顔はととのっていたが、体はぽっちゃりしていた。遊び女《め》を思わせるやけに艶めいた唇に、媚《こ》びる笑みが張りついている。長くて太い顔は長者の瓜畑《うりばたけ》で心ゆくまで肥えた白瓜に似ている。潤みをおびた目から、おびえと、喜びが、にじんでいた。

「……東国へ落ち行かれるか? わしもつれて行ってくれんか?」

へつらうように馬を寄せてくる。

——こ奴《やつ》のせいで、わしは……。

悔しさ、怒りが、炎となって、義朝の心底で燃えている。

もどかしい気持ちにさせられた様々な信頼が思い出される。

酒に溺れ、帝と院が逃げたのにも気づかず、泥酔していた信頼。敵の鬨《とき》の声におびえ、馬に乗れぬほどふるえた信頼。勝手に戦場からはなれた信頼。

「勝敗は……兵家の常。時には負け戦もしようて」

義朝の険しい顔に気づき、やや丁重に、

「わしと貴殿で東国に落ちれば兵もすぐあつまりましょう。十分巻き返せると思うのじゃが」

信頼は、ますます、すり寄ってきた。

刹那、義朝の鞭が、信頼の顔を打ち据えた。

信頼は笑みのまま固まっていた。信頼の家臣も義朝の郎党も瞠目する。

「たわけ！」

再び、鞭で鼻を強く張る。鼻血が溢《あふ》れた。

信頼は眼《まなこ》をしばたたき、唇を痙攣《けいれん》させ、白い手で赤く濡《ぬ》れた鼻を押さえる。恨むような目で義朝を睨むも刀には手をかけない。なおも憤りが消えぬ義朝は鼻を押さえる手を、また鞭で思い切りはたき、

「臆病者！」

「何故、我が君をそこまで辱めるか！」

「控えよ、義朝！」

信頼の家来が吠える。

義朝には、信頼の姿が己のうかつさを塊にした存在《もの》のように見えた。義朝は人知れず自分に鞭を振るっていた。

義朝は、羅刹の形相で、

「どの口が言う！　あやつを馬から引きずり下ろし、憎らしい口を裂け！」

「平家が、迫っております！　斯様な内輪揉《も》めをしている暇《いとま》は寸刻たりともないはず！」

緋縅の鎧をまとった武者が諫める。

鎌田正清——義朝の乳母の子で、股肱《ここう》の臣である。義朝とは兄弟同然にそだった。

後藤実基や上総広常《かずさひろつね》ら、血の気が多い連中は今にも、信頼らに飛びかからんとしたが、斎藤実盛が無言で引きもどし、佐渡重成も、

「鎌田の申す通り。穏やかに、さ、穏やかに、行きましょうっ」

義朝は黙って顔をそむけ馬を走らす。家来たちも、つづく。信頼はついて来なかった。

信頼はこの後、紫野《むらさきの》まで逃げたものの葬送帰りの庶人に捕らわれ、六波羅に差し出され——六条河原《がわら》で斬られた。

大原《おおはら》に差しかかった処で、

「兄者」

義朝の弟でずっと共に動いてきた三郎義範《よしのり》、十郎義盛《よしもり》が、疲れ切った声で、

「何卒《なにとぞ》、東国へ落ち行かれ、関八州の御家人どもを掻《か》きあつめ、京へ攻め上って下され」

「あまりに人数が多すぎれば目立つ。我ら、丹波《たんば》辺りの山に潜み、時が来るのをまちましょう。先途のお大事には敵軍を北から掻き乱して見せん」

父の味方となった多くの弟を斬った義朝だが、この二人は父と戦った三年前の戦でもずっと味

方してくれていた。弟たちの眉の下で弱い光がふるえている。

「よう、申した。わしはこのままでは終らぬ」

「それでこそ、兄者」

「そなたらも、死ぬな！」

弟とその郎党が山林に掻き消えると、一層寂しくなった敗軍を、冷たい北風が吹き抜けている。

大原の東北、龍華越《りゅうげごえ》の険しい山道に差しかかった義朝一行は、五十人ほどになっていた。

龍華越を東に越えると、琵琶湖《びわこ》の西岸、湖西である。つまり近江《おうみ》に出る。

まがりくねった道で左右は切り立った崖だった。

ごつごつした岩のあわいに、冬でも青いシダ、灌木《かんぼく》が雪に添われてへばりつき、遥か頭上に千古の大杉、大檜が、謎めいた厳つさをまとって立っていた。

先頭をひた走る重成は、のどかに、

「……伏兵がおりそうですなあ」

曲り角の先まで行き、敗軍は、足を止める。

行く手——半町ほど先に、無人の逆茂木がまち構えていた。崖にはさまれた細道は全く遮られていた。

道に、兵はいない。

上に、いた。

両側の崖の上に石弓が仕掛けられている。

ここで言う石弓は「弩《ど》」ではない。

城壁や急斜面の上に縄で吊《つ》って板を張りめぐらす。この縄を切り、板を落とすと、大量の石が雪崩《なだれ》を起して落ちる。これが、石弓である。

石弓よりさらに斜面を登った所、そして石弓の左右に、僧兵どもがみとめられた。細道を両側から見下ろす形で遥か上に陣取る僧兵は、左に百五十、右に百五十。合わせて三百人ほど。

義朝率いる落人どもは朝からの合戦、遁走《とんそう》で疲労の極みにあるが、相手は六倍で、これから戦う精兵《せいびょう》。気力も体力も、漲《みなぎ》っていた。

勝てる要素は一かけらもない。

……引き返したとしても今、大原の里は先ほどの西塔法師が充満していよう。

黒兜の下、陰になった厚い鼻が、ひくり、ひくり、と動く。

上から声がかかった。

「前左馬頭《さきのさまのかみ》・義朝公でないか？　王土を乱す朝敵め、よう生きておった！」

「そういうお主は何者ぞ！」

白刃を引っさげ、石を押さえる綱の傍《そば》に立つ、初老の山法師が、

「我らは比叡山横川《よかわ》の者」

先ほど待ち構えていたのは西塔法師だが此度は横川法師だ。比叡山延暦寺は、東塔《とうどう》、西塔、横川の三地域からなっていて、八瀬には西塔が、龍華越には横川が近い。

「賊徒が此処を通る恐れがあるゆえ、討ち取られるべし、と平重盛《しげもり》殿のお達しがあっての。今か

今かとまっておったのじゃ！」

——何処《どこ》までも小知恵のまわる清盛、重盛め。

重盛は、清盛の長子だ。

小柄な山法師から朗々たる声が飛ぶ。

「逆賊め。御所を焼き討ちした時、罪もない女房を火炎地獄の中で……数多《あまた》殺めたな！」

信西を討つべく御所を攻めた折、義朝は、兵たちに、信西方の公家は殺し、それ以外の公家や女房は見逃せと告げていた。だがいざ戦がはじまるや義朝の戒めは荒ぶる兵たちに踏みにじられた。

坂東の猛兵どもは、御所に火矢を射、業火の中から泣き叫び、逃げてくる人影に、信西方だろうが反信西方だろうが、男女の別なく、悉く矢を射かけた。

故に御所にいた公家や高貴な女房は射殺されるか、矢を恐れて殿舎にもどり、猛火の中でもだえながら焼け死んだ。火と矢、両方から逃れるべく、井戸に飛び込み折り重なって溺れ死んだ女たちもいた。その中には、信西に反感をいだいていた者すらいたのである。

義朝の本意を飛び越す形で起きた悲劇だが、自らの統率力不足で起きたこと、何も言い訳出来ぬ。

怒りの火光滾《たぎ》る目で義朝を睨んだ山法師は、

「仏家ゆえ、平氏に負けて逃げるお主に情けをかけるべきという坊主も、横川にはおったわい。じゃがわしは異なる考えをもっておる。仏家ゆえ、悪鬼たるお主を、生きて東国に行かすわけにはゆかぬ。ここで……冥土に行ってもらう！」

汗でぐしょ濡れの汚れ鉢巻きを締めた後藤実基が、異様に足が太い馬から、のそりと降りる。肥えた体から猛気を漂わせ、

「聞き捨てならぬ雑言。無礼な山法師の鼻を、わしが折ってやるか」

太い首をまわし、

「徒歩《かち》武者どもあつまれい。盾をもっておる者は盾で身ぃ守れ。盾のない奴は、兜に母衣《ほろ》をつけい。そこの騎馬の衆、この三人に兜と母衣をかしてやれ」

実基は、盾と母衣で上からの襲撃に備えた徒歩の決死隊十二人を即製した。

「では、しばし行って参ります」

気負いなく、言った。

実基は雑兵どもを引き連れ、逆茂木目がけて、すすむ。

「矢！」

遥か高みで声がひびいている。

主菜たる石弓は——義朝の馳走《ちそう》に取っておく気だろう。数知れぬ弓が引き絞られ、一気に身震いしながら、矢を放つ。

矢は下からより上から射る方が勢いがある。

土砂降りと言っていい矢の雨が凄《すさ》まじい勢いで、実基たちに降ってきた。だが、上に向いた盾や母衣の密集は意外に強い傘となり、決死隊を守る。実基らは誰も射殺されず逆茂木に辿《たど》り着く。

道をふさぐ形で立った柵に、鋭い棘《とげ》をもつサイカチや茨を立てかけ、丸太を転がした逆茂木だった。

盾をすてた実基は、ひと際太い丸太をもち上げ、

「山猿ども、耳を澄まして聞けい。五畿内一の猛者《もさ》、後藤実基とは、わしのこと!」

実基の武名に引きずられたか、殺意の雨が一時、実基一人にあつまった。

しかし、不思議と矢が当たらぬ。咆哮《ほうこう》を上げた実基は丸太で柵を殴り、押し倒さんとする。

「者ども、逆茂木を一思いに片付けいっ!」

実基がつれてきた雑兵どもが盾をすて母衣を揺らして逆茂木に取りつき、柵を倒し、棘のある木をどけている。

矢が一時、実基に集中したおかげで突破口が生れた。

「いかん、退《の》き口《くち》、つくらすな!」

矢の雨が慌て気味に雑兵にもそそぎ幾人か血塗《ちまみ》れで斃れる。

実基の大袖や、生き残った雑兵の腹巻にも矢が刺さった。

——今なら行ける。

山法師どもの眼《まなこ》は実基たちに向いており、義朝と騎馬武者にそそがれる注意は薄い。

義朝は黒駒を飛ばし、

「つづけや者ども!」

雄叫《おたけ》びを上げて騎馬武者どもが、馬に鞭打つ。馬群は武者埃《むしゃぼこり》を上げ、濁流となって、細道をす

すむ。義平と朝長、そして十三歳の頼朝など倅《せがれ》たち、伯父の義隆は義朝の傍にいる。

義隆は相模《さがみ》に領地があり、毛利冠者《もりのかじゃ》と呼ばれ、為義亡き今源氏一門の最長老だ。本来は義朝の大叔父だが、為義が祖父・義家《よしいえ》の養子になったことから、伯父ともいえる。一度は義朝と争うも今は共に動いている。

「石弓！」

上から、声がした。

両側から——恐ろしい轟《とどろ》きが、殺到している。

義朝は見ようともせぬ。ただ、前だけを睨んでいた。飛んできた鋭気が幾度も体をかすめるも……、

「やった！　誰も死なずに、石弓を切り抜けましたっ」

矢の土砂降りを潜り抜けながら、頼朝が弾《はじ》けるような声で叫ぶ。

「山法師ども、坂東の馬の速さ、思い知ったか」

長老、毛利冠者義隆が、豪快に、打ち笑んだ。

実基ら決死隊がつくった退路であるが、完全に道が貫いた箇所と、下に刺のある木、味方の屍《かばね》が転がり、巧みの馬術でなければ通れぬ所があった。

馬術に自信がある義朝や義平は難《かた》き道を、未熟の若武者、朝長や頼朝は容易《たやす》い方を行かす。

中黒の矢を幾本も体に立てた、味方の雑兵の無残な骸《むくろ》は、左手で大ぶりなサイカチの莢果《きょうか》を摑《つか》

み、右にかたむけた顔を鋭い棘に抉《えぐ》られ、足をねじまげるようにして転がっていた。目をかけていた百姓上がりの若者だ。

義朝は面を歪める。低く念仏を唱える義朝を乗せた黒駒は、味方の血塗れの骸、逆茂木の残骸を巧みに跨ぐ。

……多くの若者を死なせた……。すまぬ。

刹那、ヒュン、ヒュン、と殺気が爆《は》ぜる音を義朝は感じた。

骸や丸太をよけることに気をくばり、矢への注意がおろそかになった義朝の隣に、駿馬《しゅんめ》が躍り込む。——馬上の人に殺気がぶつかったかに見えた。

「足元に気を取られ矢への用心怠るな！」

左肩に矢が刺さったその人は毛利冠者、義隆だった。

「伯父御……まさかわしの盾にっ？」

肩に矢を立てた老将は目を細め、引き攣《つ》ったように笑むと、

「何の、鎧が止めてくれた。この者どもの最期を犬死ににせぬためにも、お主は生きよ！　さあ、行かん」

「おう」

再び降りかかった矢を払い、障害物をかわし、手傷を負った味方を励まし、義朝はすすむ。鎧を射貫かれた騎馬武者が幾騎も馬から転がり落ちている。

手痛い犠牲を払いながら難所を切り抜けた時、

「毛利冠者様がおくれています！　深手を負われていたご様子。中宮大夫進殿《ちゅうぐうのたいふのしん》（次男、朝長）、上総介殿が、途中で気づかれ、返し合わされていますが今にも討たれそうなご様子っ」

青筋を立てた義朝が顧みると、味方三騎が遥か後ろに取り残され、荒法師の雪崩が砂煙と共に両側斜面から押し寄せていた。

狼《おおかみ》を思わせる不敵な面構えの長男、悪源太義平が、

「俺が、行ってくるわっ！」

既に成人武将たる義平だが母の身分が低いため、跡取りにはしていない。

「ならん。お前は頼朝を守り、先に行け！」

跡取り息子の警固《けいご》を武勇の誉れ高き長男に命じた。

「伯父御はわしを庇って矢傷を負われた。わしが、行く！」

義朝が馬首を転じるや、鎌田正清、斎藤実盛も馬をもどす。小柄で常は静かな実盛が、カッと
口を開け——大男ものおのく軍喚《いくさよば》いを吐き出した。幾本もの矢を体に立てた伯父、殺到する僧兵を金棒で追い散らす上総介広常、矢を二本背中に立てた義朝の次男、朝長を救うべく、三人の男、義朝、正清、実盛は、奔馬を逆走させる。

武芸に拙いが家族思いで情け深い朝長を殺意が襲う。

薙刀だ。

義朝から放たれた矢が薙刀を振った山法師の喉を朱《あけ》に染めている。

弓を捨てた義朝は、太刀を抜き、斬り込む。黒駒が法師武者どもを追い散らす。

突然の逆風は――僧兵衆を乱した。

義朝と実盛の太刀、正清の薙刀が、次々に血飛沫を散らす。ほとんどの僧兵が蜘蛛の子を散らすように逃げ出した。だが、一人、身の丈七尺を超す筋骨隆々たる大入道がいた。黒い裹頭頭巾《かとう》に面をつつみ、黒皮縅の大腹巻をつけ、虎を思わせる眼光を滾らせ、黒柄の大薙刀をもち、黒塗りの下駄をはいている。

その見るからに悪強い大男だけは義朝らにひるまず、朝長の足めがけて薙刀を一閃《いっせん》。足を斬られた朝長が苦し気に叫ぶ。

「おい！」

義朝が、大入道を、呼んだ。

朝長を傷つけた大入道は義朝に猛然と薙刀を振る。義朝の刀が、火花を散らし、並みの武士三人分ほどの力が籠った斬撃を払うや、薙刀の柄が途中ですっぱり切られた。

不利と見るや、大入道はさっと背を見せる。

義朝は、小柄を左手で出し――逃げる大入道の後ろ首めがけて投げた。

大入道は、体をふるわし、斃れた。

正清が何とか朝長を救う。しかし――傷をいくつも負った義隆が激しい砂埃を立てて、散乱する茨の上に落馬した。

義朝は急ぎ馬から飛び降り襲い来る矢を太刀で払い伯父の傍に駆けた。

弱り切った老武者は、光るものを目に浮かべ、甥を見上げている。義朝はぐっと唇を嚙む。真

っ青な顔をした伯父はふるえる声で、

「一度はお主と戦ったが……最後に共に戦えてよかった。お主に怒《いか》った日もあったが、憎んではおらぬ。きっと為義も同じ気持ちであった。為義は、お主を許——」

その最期の言葉を発せぬまま伯父の表情は動かなくなった。荒く肩を動かして上総広常が飛び込むように傍らに来る。矢と礫《つぶて》が上から襲い来る中、広常に命じた。

「御首を」

広常が素早く伯父の首を掻く。兜に礫を受けつつ、義朝は厳粛な面差しで伯父の首を受け取り、馬に跨った。

義朝は矢の雨を浴びながら、満身創痍《そうい》の家来たちを鼓舞し、死の谷を脱した。

東国の誇りのためと自らに言い聞かせ、清盛の策でかぶった汚名に抗い、信西や平家相手に立ち上がった義朝だが、目の前で見せつけられた伯父の死は、胸を揺さぶっていた。

——わしの身代りになって伯父御は死んだ。わしは伯父御が命を賭して守るほどの男か？

……一体どれほど多くの兵《つわもの》が、わしのために死んだ？

もう追ってこぬだろうという所で谷川を見つけた。

下りゆく急斜面には、残雪が薄くつもっている。白い雪の膜が融解した所に、正月飾りにつかう裏白が黄緑の葉を、荒々しい笹《ささ》が深緑の葉を、夥《おびただ》しく茂らせ、幾塊かの雪を載せた倒木が、黒く横たわっていた。義朝は郎党に伯父の首の皮を剝がせた。

そして、

「平氏にはわたさぬ」

涙を流しながら、石の重しをつけた伯父の生首を——遥か下、青淵《あおぶち》に投げ込んだ。

伯父は源氏一門の絶頂期を現出した八幡太郎義家《はちまんたろうよしいえ》の子であった。源氏の低迷期を生き、心ならずとも父を殺めた甥に、義家の戦いぶりを語り、いつも、力づけてくれた。自らの手で、親孝行を永久にできなくした義朝は、伯父に尽くすことで、深い傷を埋めようとしていたのかもしれない。その伯父は、もういない。


龍華越をどうにか越えると、大湖が眼前に、開けた。

近江の海、琵琶湖。東海道に東山道、北国街道、日本海ともつながる水の道を動脈とすれば、それら重要血管が悉《ことごと》くあつまる、大動脈弓が琵琶湖だ。東に逃げる様々な道が琵琶湖を起点としている。

大いなる湖を見詰めながら鎌田正清は、

「如何します？　舟を奪い東へわたるか……」

この辺りは比叡山の荘園、舟を手に入れるにも、一悶着《ひともんちゃく》ありそうだ。

「北へ走り北国街道に出るか……あるいは、東海道、東山道を行くか」

「兵衛佐《ひょうえのすけ》（頼朝）は如何すべきと思うか？」

細面の少年は思慮深そうな顔を少しかたむけて大人びた声で、

「北国街道に出るべきかと思いまする」

正清が重くうなずいた。同意見であるらしい。敗軍は京を出て、北東に動いていた。地理的に北陸に出やすい。

しかし、義朝は頭《かぶり》を振った。険しい声で、

「――北国から、清盛の召集に応じて、上洛する軍勢と鉢合わせしたら？」

「……………」

「南へもどる。北から上洛する平氏に成りすまし堂々と大津《おおつ》へ参る。そして、瀬田《せた》をわたり東山道に出る」

「東山道を東から駆けて来る敵勢とぶつかったら如何します？」

正清の問いに、ふっと笑った義朝の鞭が、日輪を指す。

「その頃には日が暮れよう。夜陰に乗じ、街道脇の野山に入り、気配を殺して潜行、不破《ふわ》へ抜ける」

佐渡重成が大きくうなずき、

「大将軍のお考え、もっともと思いまする。ようし！　陽《ひ》のあるうちに、なるべく遠くまで行くぞ。不憫《ふびん》じゃが、徒歩の者、疲れた者は、置いてゆく。どんな無様な真似《まね》をしても生き延び、坂東まで落ちるのだ！　さあ、参るぞ……しまった。わしとこの駄目馬がもっとも疲れとるわい」

牡馬《ぼば》顔負けの逞《たくま》しい牝馬《ひんば》に跨った広常が、

「のう、わしの牝馬《めすうま》とまぐわわせたら、そやつは息を吹き返すか？」

「……余計駄目だな……こりゃ」

ぜえぜえ息をつく重成と痩せた馬を見て義朝も頼朝も義平も広常も豪快に笑った。鎌田正清と斎藤実盛はふっと苦笑し、顔を見合わす。

敗れに敗れ、息も絶え絶えとなっていた坂東武者どもであったが、二つの待ち伏せを貫き近江まで出られたことで、やや息を吹き返し、持ち前の豪胆を取り戻していた。

義朝たちは湖西の田園を南へ駆ける――。

徒歩の兵、疲れた騎馬武者が、次々に取りのこされてゆく。その度に義朝は心の中で詫《わ》びた。

近江の人々は、堂々と街道を駆ける一団を見ても……上洛する平家と思い、何ら怪しまなかった。

二十騎ほどとなった義朝たちは、松で名高い唐崎《からさき》を駆け下り、東海道初めの宿である大津にたどり着いている。そこで京の常盤の許に使いに出した若党、金王丸と奇跡的に合流した。

「常盤の様子は？」

馬上から義朝が問うと、

「取り乱されていたご様子」

金王丸は神妙に答えた。

悲しみに打ちひしがれた最愛の女《ひと》の姿が目に浮かぶ。純粋な常盤が義朝の勝ちを信じてくれていただけに、よけい辛い。

……わしのことをつれない、いやみじめな男と思うておるだろうか、許せ常盤。

黒駒に揺られる精悍な相貌が、歪む。

常盤が生んだ三人の子が思い出された。

父が顔を見せても、わざと不貞腐《ふてくさ》れた面差しになる今若《いまわか》。

素直に喜ぶ乙若《おとわか》。

真っ赤な顔いっぱいに口を広げて泣き叫ぶ牛若《うしわか》。

幼子たちの顔が敗将の傷ついた心をうずかせる。義平や朝長が生れた頃、義朝は坂東における私戦に夢中で、ほとんど抱き上げた覚えがない。だが、京で今若たちが生れた時、義朝の境遇は落ち着いていて、よくこの手で抱いた。

馬を走らせながら義朝は一度瞑目する。

……そなたらを助ける一手を向かわす力すらない。

常盤と子供たちを救出する決死隊をつかわしても、その者たちが斬り死にするだけだ。

――すまぬ。……どんな手をつかってでも生きていてくれ。東国に無事落ちられたら必ずや迎えをつかわす。腑甲斐《ふがい》なき父を許せ。死ぬな――。

空を仰いだ義朝は、祈る他ない。

佐渡重成に代って先頭に立った金王丸が、

「やはり……。瀬田の橋は落とされておりますっ」

西日によって、瀬田川は、金色の千鳥を散らした赤い錦のように、神々しく輝いていた。

瀬田川――琵琶湖がただ一つ、吐き出す川だ。広く、深い。東から京へ上る軍勢を止める時、京から東に逃げる謀反人を阻む時、必ず瀬田川にかかる橋と、その下流、宇治川《うじがわ》にかかる橋を落とすのである。

「舟を調達しよう。重成、見つけてこい」

義朝に命じられた重成は川沿いで鵜飼《うか》いの村を見つけた。鵜飼いどもに、

「平清盛様のご下命で東に逃げた義朝たちを追うておる。舟をかせ、急げっ」

声高に命じる。

鵜飼いたちは、慌てて舟を提供した。

義朝は瀬田川をわたり、東岸でまた馬に跨る。が、少しすすんだ所で、大津に入った辺りから様子がおかしかった後藤実基の馬が、潰れた。

足の太い鹿毛《かげ》の馬は泡を噴き、白目を剥《む》いて横倒れしている。実基の巨体の重みに、耐えられなかったらしい。

実基は顔に浮いた夥しい汗を毛がべっとり張りついた手の甲で拭い、愛馬の喉を裂いて楽にするや、

「徒歩《かち》になりましても……お供しとうございまする」

手を血塗れにした実基の切羽詰まった表情に義朝はかける言葉をうしなった。

出来れば、つれて行きたい。家中屈指の猛者で、深い信頼でむすばれている。

が、実基の足に合わせると、全員が遅れるのは必定。

黒き鎧に身をつつんだ義朝は濃い陰をおびた声で告げた。

「駄目じゃ。そなたをつれて行けぬ……」

「殿……」

鉢巻きの内から筋を引いてこぼれた汗が、実基の目に入る。布袋和尚《ほていおしょう》を思わせる面が辛《つら》そうに歪む。

「そなたは、この辺りに潜み、時をまて。我らが再び上洛し平家を討つ時、思う存分――その武を見せてくれい。何……しばしの別れよ。さらばじゃ」

苦い汁が、心の中に流れ込んでくる。

――真に、その時はくるのか……？

義朝は思い切り黒駒に鞭打ち――発進させた。

隣を走る頼朝が、

「実基が……不憫ですっ。まだ追って参ります！」

夕暮れの近江路を疾走する義朝が兜をまわして顧みると、遥か後ろに、大きく長い影が必死に徒歩《かち》で駆けていた。やがて、その影は力尽き悔しそうに両膝をがっくりとついた。

野山に入った義朝一行は東山道と寄り添うように道なき道をひた走る。

日が暮れても、敗走はつづいた。

鏡山《かがみやま》を木隠《こがく》れに動いた一行は、夜半、冷たい霧に沈んだ愛知川《えちがわ》を越えた。東近江を流れ琵琶湖にそそぐ川である。義朝の麾下には、「この川をわたると少し坂東に近づいたようで、ほのかな安堵《あんど》が芽吹きまする」と語る荒武者が多い。

ふと、辺りを見まわした義朝は、

「――兵衛佐？」

頼朝の姿が見えぬ。

答は、ない。

義平が、心配そうに、

「三上山《みかみやま》までは……おりましたが」

重い川霧を掻きわけ次々やってくる味方を、月明りでたしかめるが、頼朝はいない。瀬田をわたった時より数騎少なく十五騎しかいない。三上山、鏡山の深き森を潜行する中で、幾人かがおくれたり、迷ったりして姿を消した。その中に頼朝がふくまれていたようである。

――伯父につづいて跡取りまでも……。

「……その方、倅を、兵衛佐を見なかったか？」

「……御曹司様を……？　いいえ。ああ、迷われてしまったか。申し訳ございません、某が気づくべきでした」

慌てふためく家来に義朝は言った。

「武門の跡取りたる者、己の力で追いつかねばならぬ。そなたが詫びることではない。山中でおくれたか――」

そうは言ったものの、義朝の胸は今にも張り裂けんばかりだ。家来たちが、心配そうにとりかこむ。

……落ち武者狩りにかこまれたら、一人では到底……。ここで、まつべきか？　いいや……ならぬ。

屈強な侍が一人すすみ出た。

「それがし――御曹司様を必ずやさがして参る」

平賀義信《ひらがよしのぶ》。新羅三郎義光《しんらさぶろうよしみつ》の孫で、信濃《しなの》源氏である。

義信はただ一騎、夜の川に飛沫を立て、元来た方にもどっていく。

義朝は彼を信じ前に行く他なかった。

しかし行軍を再開したとたん、馬に揺られる次男、朝長から、苦し気な呻《うめ》きが漏れる。朝長は龍華越で義隆を守ろうとして深手を負っている。

「傷が痛むか？」

義朝の問いに、

「何の。浅手にございます」

十六歳の若武者は、けなげに答えた。兜の下の面差しは黒漆塗りの面をかぶせたように窺《うかが》い知れない。が、不自然なほど力強い声から、無理をしていることは明らかだった。

「青墓《あおはか》で休もう。大炊《おおい》が家で」

青墓は美濃《みの》最大の遊里である。大炊は青墓でもっとも名を知られた遊女であり、遊女屋の主でもある。義朝の愛妾の一人だった。義朝は、大炊との間に、夜叉御前《やしゃ》という娘をもうけている。

十四騎は励まし合って所々雪がのこった原野をすすむ。

霜が降りた萱原《かやはら》を白い息を吐いて行くうち真っ黒い夜空がかすかに白んできた。

枯れた蔓草が隙間なく絡みついた木が、草原の所々に佇《たたず》んでいた。

すすめばすすむほど野は明るくなる。萱原が開け、海の底に似た濃紺の気の向うに、畑が見えた。雪の小塊が斑《まだら》にのこった畑では蕪《かぶ》が並び、小さなフキノトウが暖を取るように身を寄せ合っていた。

畑の向うで幾つかの板屋が眠りこけている。

「――小野《おの》の里かと」

正清が、言う。今の彦根《ひこね》の辺りだ。

その時、実盛が、めずらしく弾んだ声音で、

「……平賀殿が御曹司殿をつれて参りましたぞっ」

義朝の暗い心の沼に、光明が差し込む。

実盛が見たものが幻である気がして、ゆっくり振り返っている。

二人の騎馬武者が霜にうな垂れた昧爽《まいそう》の萱原をさくさくと音を立て走ってきた。

まごうことなく、頼朝と、平賀義信であった。

源氏の男たちは歓喜の雄叫びを上げかけたが……小野の里人に悟られてはと、声を噛み殺す。

義朝はしかし、無事を喜ぶ気持ちを抑え、

「何ゆえおくれたか馬鹿者。そなたは、将になる者ぞ。将が、軍勢からおくれてどうする！」

あえて厳しく叱った。

「不覚にも……馬上で眠ってしまいました」

「馬の上で眠れるとは武士の子である証《あかし》じゃ」

重成が、取りなす。頼朝は落ち着いた様子で、

「あれは篠原堤《しのはらづつみ》の辺りでしょうか……。気が付くと松明《たいまつ》や鍬、大鎌などをもった百姓どもにかこまれていました。その数、五十人ばかり」

――落ち武者狩りである。

この時、頼朝は次のように父に報告した。

「太刀を抜き、馬の口に取りつきて候ふ男の首を斬り割り候ひぬ。いま一人をば、腕を打ち落し候ひし。少々は蹴倒され候ひぬ。二人が討たるるを見て、のこる所の奴原は、ばつと退き候ひし中を破りて参りて候ふ（太刀を抜き、馬の口を押えていた男の首を斬りました。もう一人、腕を斬り落とし、少々は馬で蹴倒しました。二人が討たれるのを見て、残りの輩はぱっと飛び退いたので、その中を突き破ってきました）」

そこで義信と邂逅《かいこう》したという――。頼朝の武勇譚は少ないが、これは希少なるそのうちの一つであろう。頼朝が落ち武者狩りを切り抜けるのにつかった剣こそ――希代の名刀、髭切《ひげきり》であった。

源頼光《みなもとのらいこう》が渡辺綱《わたなべのつな》にかしあたえ、綱が茨木童子《いばらきどうじ》なる妖鬼の腕を叩き斬ったとつたわる源家《げんけ》の重宝である。

義朝は、満面の笑みを浮かべ、息子を許した。

「――いしうしたり（よう、やった）」

「……不破は蟻《あり》の子一匹通れぬ様子。平家の軍兵、満ち満ちております」

東山道不破の関は既に固められている、という知らせは、偵察に行った渋谷金王丸によりもたらされた。

義朝は北に聳《そび》える高山に目をやる。

「……伊吹山《いぶきやま》を越えて青墓にまわる」

冬空は晴れていたが――鉛色の重たい雲が、厳々《いかいか》しき伊吹山の上にだけ、怪しげな空模様を描いている。

残雪が凍《い》てつき、萱や灌木がへばりつく伊吹山の急斜面に源氏の落人が取りついた刹那、山神が怒ったような激しい雪が降り出した。馬はやむなく、山の下ですてた。

義朝たちは歯を食いしばり、叩きつけてくる雪と冷たい風に抗《あらが》い、凍てついた萱や岩を摑み、時には斜面を滑り落ちながら、冬山に挑んだ。

前からぶつかってくる雪は激しく視界は悪い。少しおくれた者は灰色の薄い影の如く見え、さらにおくれた者は白い帳《とばり》の向うに隠され、姿をみとめられない。

義朝は白煙を立てて雪に転び、菅《すげ》にしがみつきつつ後ろに呼びかける。

「朝長、怪我は痛まぬか？」

「……痛みませぬっ！」

「兵衛佐、ついてきておるかっ。また、おくれておらぬか」

「…………」

「……頼朝っ！」

吹雪の中、答は――とうとうなかった。頼朝は険しい雪山で、はぐれてしまった。

「不憫なことをした。……凍え死ぬか、捕らわれるだろう」

眉に小さなつららをつくった義朝は男泣きした。義朝の涙を見た家来どもは泣き崩れながら白き難所を肩をふるわして登りつづける。

その時である。若党二人が、雪煙を立てて、谷に滑落した――。

伊吹山は二人の命を取り、頼朝をふくむ四人の行方を、雪中に隠した。

昨日、敗走をはじめた時には、百人余りの行軍だった。

だが、今、疲れ切った足取りで雪山をよろめき出た義朝一行は、たった十人である。義朝たちは杉林で鎧を脱ぎ、直垂姿で、青墓の町に出、大炊の宿所にたどりついている。


艶やかな女丈夫、大炊は、義朝到着を心から喜び、目に涙を浮かべ、

「よくぞ……ご無事で」

「死にそびれたわ」

「何をおっしゃる。まだまだ、これからにございます。弟の玄光《げんこう》はなかなかの知恵者ですから、

逃げる算段を考えさせましょう」

＊

夢の中、義朝は、童になっていた。赤い衣を着た童に次々に衣を剝ぎ取られてゆく。丸裸にされた時、義朝は刀を抜いて、赤服の子を斬ろうとしたが、どうしたことか？　柄《つか》だけにぎった義朝は茫然《ぼうぜん》とする。その刀には、刃が無かったのだ。

剣に似た空虚ながらくたをにぎる義朝に周りから冷え冷えとした嘲笑が浴びせられた。

父の声がした。

「この乱れた世で、頼りになるのは一門の者よ。……わしは言うたであろう？　わしを斬っても弟たちは生かせと。弟たちは、お前の恩に応えようとし、お前を守る剣になる。清盛の策に乗り、一門の者を自ら斬った時、お前の負けは決っていたのじゃ」

次の瞬間、菜の花の海に遊ぶ常盤と子供らが見えた。義朝は寄ろうとする。すると、黄色い光の中、常盤たちは遠ざかってゆき、土中から数知れぬ血塗れの手が出て、妻と子を捕まえにかかる。

助けようとすると、父の声が鋭く、

「自らの子には……生きてほしいか！」

——っ！

跳ね起きる。

……そうか。大炊や娘の顔を見て、わしは……。

じっとりとした汗が背中にまとわりついている。清盛に、幾年《いくとせ》もかけて、丸裸にされたのだと、わかった。戦の勝敗は端《はな》から決っていた。京にのこしてきた家族に恐ろしい危難が降りかかるのを確信した。

「お目覚めでございますか？」

心配そうに声をかけたのは傍らに端座していた大炊だった。

「おう」

大炊の影は、緊張で強張っていた。

夕暮れ時か、あたりは薄暗い。

「表に怪しい気配が……」

立ち上がり、家来たちがやすんでいた板の間に大股で向かうと、朝長以外の皆がいた。深手を負った朝長は、妹、夜叉御前の部屋に入れ、手当てをしていた。

大炊の店ではたらく遊女が入ってきて、

「ほかの遊女屋の主が、落人が此処にいるらしいと、男どもをあつめ、かこんでいます」

正清が、声を潜めて訊く。

「人数は？」

「百三十人……いいえ、百五十ほどかと……」

義朝は、眉根を寄せて目を閉じた。

「…………」

やがて、半眼を開き、皆を見まわす。

ここまで落ちてきたのは——源義朝、悪源太義平、重傷を負った中宮大夫進朝長、鎌田正清、斎藤実盛、上総広常、平賀義信、渋谷金王丸、佐渡重成と重成の郎党一人である。

源氏一の洒落者、重成は隻眼、白髪の郎党に目をやり、

「のう、爺《じい》、どうじゃ、この世に未練はあるか？」

「婆《ばあ》さんも死んだゆえ……特に、ござらぬ」

老武士は穏やかな相好で、言った。

重成はいつもの剽軽《ひょうきん》な様子から一転、鋼に似た硬い気を漂わせる。

「殿の代りはおりませぬが……それがしの代りはいくらでもおりまする。——一つ、策がござる。それがしが、身代りになりましょう」

「何を申す、重成……」

「条件が、ござる。それがしとこの者の家族末葉、たとえ愚か者、怠け者でもお引き立て下され。でないと……化けて出ます」

そう言ってニカリと笑った。

「——重成っ」

「生きて——坂東へお戻りを。そしてまた、我らを負かした京に源氏の白旗を立てて下され。さ

あ、その鎧直垂、おかし下され。ずっと着てみたかったのです。こんな形で夢叶《かな》うとは」

よく気がつく遊女たちは目に涙を浮かべながら別れの盃《さかずき》を支度した。

義朝たちは、遊女屋の裏庭にある蔵の奥に隠れる。義朝の直垂をまとった重成は、遊女屋の馬に乗り、老いた郎党一人をつれ、北の裏山へ馳《は》せ上がる。

在地の者どもはすぐに見つけて追いかけ、たちまち取り囲んでいる。枯れたクヌギが並ぶ下で、笹が青く茂った斜面である。

刀を抜いた重成は四囲に気迫を叩きつけた。

「下郎どもっ、うぬらの手にはかからぬぞ！」

「その直垂、見覚えがある！　義朝が直垂っ」

近くの遊女屋の主が叫ぶ。

「如何《いか》にも。我こそは、源氏の大将、左馬頭義朝！」

馬から飛び降りるが早いか、刀を、己に向け、

「介錯《かいしゃく》せよ」

重成は、刀を腹に、突き立てた。何事か叫んだ郎党が重成の首を一息に刎ねる。

間髪いれず、男どもが飛びかかり――重成の郎党も、ずたずたに斬り裂かれて息絶えた。

「やった！　義朝が首、獲《と》ったぞ！」

「大炊の店に余類がのこっておるやもしれぬ。そ奴らも、退治せん！」

百数十人の男どもは、大炊の店に殺到する。

だが、女たちは、さっき逃げたのが義朝で他は知らぬと言い張り、押し入った男どもも義朝を討ったと有頂天になっていたから、土足で上がり込んで、家捜ししたものの、蔵の入り口近くをたしかめただけで、奥までは見ようとせず、満足して引き揚げていった。

夜半過ぎ、義朝一党は、動き出している。

「明日の明け方、杭瀬川《くいせがわ》まで行けば、鷲巣《わしのす》玄光が舟をまわしてくれます」

暗い家の中、手燭をもって先を歩む大炊が言った。

鷲巣玄光――大炊の弟で、美濃養老寺《ようろうじ》の僧だった。

義朝がうなずいた時、

「父上。兄上が、お供できぬと……」

目を赤くした夜叉御前が走ってくる。朝長は、先刻、共に蔵に隠れたが、ひどく苦し気であったため、また夜叉御前の部屋にもどし手当てさせていたのだ。

不安と焦燥が腹の底で暴れる。義朝は急ぎ、朝長の許に向かった。

父をみとめるや、朝長は夜叉御前にささえられ半身を起す。紫色の唇が小刻みにふるえ、

「ここまででございます……。わたしをお断り下さい、父上」

力ない朝長の手が血塗れの晒《さらし》をはずす。カラスがつついた熟れ柿が如き傷が腿《もも》を大きく裂き、膿汁《うみしる》が溢れている。

――深い。

「何を申す。何としても……供をせい」

義朝ははげますも、額に玉の汗を浮かべた息子は、訥々《とつとつ》と、

「あまりに足が痛く、高熱《ねつ》も出てもはや……一歩も歩けませぬ。平家に討たれたくありませぬ。無様な姿を敵に見られたくない。……どうか、ここで、父上の御手でお斬り下され。余人ではなく父上に斬られたいのです」

鎧下着をまとった朝長は、涙をこぼしながら体をまわして義朝に後ろ首を見せた。衿《えり》をくつろげる。

白く細い首が、早く斬れと告げていた。一体、十六歳で、自分より早く死んでゆくこの子の一生は、何だったのだろう？

……わしは父上について我が子まで……？

義朝は青ざめた唇を噛んで、ためらう。

「父上……」

ふるえる手で剣を抜く。

その時、朝長が、怪我人とは思えぬほど凜《りん》とした声で、

「父上の武と智はわたしの誇りですっ。源氏の無念を、東国の者どもの無念を……お晴らし下さい。父上、平家を打ち倒して下さいませ。信じております」

「……約束する」

空虚な契りをかわした義朝は悲しみを堪えつつ、自らの手で――十六歳の実子を斬った。

懇ろな弔いを大炊にたのんだ。

まだ、明けやらぬうち、七人は外に出た。

玄光の舟は小さく、乗れる人数はかぎられる。一行は再会を期して、三つにわかれた。

悪源太義平は一人で飛騨《ひだ》に行かせる。孤立した山国、飛騨で、源氏縁故の者や山賊を掻きあつめて兵を起し、飛騨一国を取り、義朝が東国から駆け上る時、北陸の平家を討たせる所存。

上総広常、斎藤実盛は、美濃から信濃を突っ切り坂東へ向かう。

義朝、鎌田正清、平賀義信、渋谷金王丸は、鷲巣玄光の舟に乗り、尾張《おわり》まで下る。そこからは東海道をひた走り――義朝の本拠地、相模国鎌倉《かまくら》を目指す。

青い朝靄《あさもや》が揖斐川《いびがわ》の一支流、杭瀬川の水面《みなも》を、静かに這《は》う。白い幽霊の軍勢が川の上を黙々と歩み、彼岸に去ろうとしているように見えた。

水際に潜んでいると上流から萱と柴をどっさり積んだ舟がやってきた。毛深くごつい荒法師が棹《さお》を差している。

大炊の弟、鷲巣玄光である。体は中背、腕は太く、ぼろぼろの帯に木刀を一つ差していた。酒の匂いを漂わせた玄光は、

「これが飲み納めかもしれねえと思い……一杯引っかけて参りました。俺のような者が、源氏の大将のお役に立てるのは、こんな時くらいしかねえ。何処までもおつれします」

「尾張野間《のま》の長田庄司《おさだのしょうじ》忠致《ただむね》の宿所までたのむ」

正清が頭を下げる。長田忠致――鎌田正清の妻の父であり、義朝の家来だった。

「承知。荷の下に隠れられい」

義朝たちは萱や柴の下に隠れた。

玄光が棹さし、舟が静かに動き出す。

数町は何事もなくすすんだろう。

逃げられるのではと喜んだのも束《つか》の間《ま》――玄光の舌打ちが、聞こえる。

「あたらしい関がありますなぁ。平氏の。……そのまま行ってみましょう」

どうやら川沿いに平家が関をもうけ、南へ下る舟を見張っているらしい。

「その舟寄せいっ！」

太いどら声は、水際に仁王立ちして川を見張る武者どもの姿を、義朝に想像させた。萱に隠れて船底に蹲《うずくま》る義朝は気が気ではない。清盛、重盛の長い手は、此処まで伸びていた。恐らく、前もって、戦に負けた義朝が逃げるいくつかの経路を考え悉く手をまわしていたのだ。

玄光の舟は無視して通りすぎようとする。

と、ヒュン、ヒュンと、鋭気が空《くう》を裂き萱や柴に突き立つ音がした。――矢だ。

関からは足が速い舟も幾艘《いくそう》か放たれたに相違ない。

「何事ですか？　さわがしい」

玄光は落ち着き払ったのどかな声で問い、川岸に舟を寄せる。

義朝の胸は、鼓動を速めている。すぐ傍に伏せる正清が生唾を飲む音がした。

近寄ってきた声が、

「聞いておらぬか！　都で戦があり、左馬頭義朝が東国に落ちて行かれたそうな。小舟、柴舟も怪しいゆえ、悉くあらためておったのよ。怪しい坊主め、何故逃げようとしたかっ！」

「そういうことなら得心するまで見てもらおう！　そんな者がおったら、わしも腹を斬ろう！」

威勢よく切り返した玄光だが、独り言のように、

「左馬頭殿が、斯様な小舟に、隠れるとは思えん。今頃……自害されておるのではないか」

もう駄目です、敵に討たれる前にご自害を、玄光がうながしている気がする。冷たい汗が、背をつたう。義朝は正清に囁《ささや》いている。

「……自害せん」

「――しばらく、しばらく」

正清は小声で止める。と、小屋から別の侍が出てきたらしく、

「何をしておる？　おいおいおい、お主ら……そんな小舟に左馬頭殿がおると、本気で思うておるのかい。馬鹿者っ、左馬頭殿が逃げるなら、二十騎、三十騎は供回りがおるわ。貴公ら、ものを知らなすぎるな！　……坊主が、気の毒じゃ。行かせてやれい！」

「……それもそうじゃな……」

武士たちは――言いはじめた。関所の武士たちはしらべるのを止《や》めて、

「もうよい、行けい」

「行ってよろしいので？　おしらべしない？」

すぐには発たず食い下がる玄光だった。

「法師の身に似合わぬことですが……女と、連れ子をやしなっておりましてな。柴、萱を商い、月に五度、この川を行き来しておる舟坊主にござる。類稀《たぐいまれ》な言いがかりをつけられたゆえ、これからは、顔を見せただけで、何の咎《とが》めもなく通行出来るようお計らい下さらんか。たのみまする」

「わかった、わかった。うるさい坊主め。そうするから早《はよ》う行け」

玄光は関所から見える所ではさして急がぬふうをよそおい川を下っていく。もう見えぬという所まで達すると——柴、萱に源氏の大将を隠した舟は、一本の素早い矢となって、青い道を駆け下った。

義朝が萱の隙間から垣間見《かいまみ》ると小さな川はやがて広々とした大河になった。

しばらく下るとカモメの声が上から聞こえ、噎《む》せるほど強い潮の香が鼻を満たす。

伊勢海《いせかい》につつまれたのを感じた——。

浜辺で一晩すごし、海に出た小舟は、やがて、尾張国知多《ちた》郡の長田荘についた。

平治元年、十二月二十九日、都を出て四日目、義朝主従と玄光は、鎌田正清の舅《しゅうと》、長田忠致の屋敷に入っている。黒々と暗い森を背負った館であった。

平身低頭、媚びるような顔で義朝をもてなした長田忠致は義朝が別室で眠りにつくや、倅を呼び寄せた。義朝が食べ残した鮴《よじおざし》を舐《ねぶ》るように嚙みながら、日焼けし、脂ぎった馬面をかしがせ、

「——存念を聞かせよ」

「東国へ下しても、助ける者は、おるまい」

息子、景致《かげむね》は、頰がこけ目つきが鋭く、父親よりもさらに面長な男である。表情に乏しい景致は額から鼻にかけて一直線の細い刀傷がある。

「他人の高名にせんよりは……」

囲炉裏の火をはさみながら長田親子は声を落として密談をつづけた。

翌日、長田親子は、義朝に、元三日《がんざんにち》の祝いが済んだら、東に下られるがよろしいと、すすめている。

妻をここに置いていた正清は、いま少し、長田屋敷に滞在したいという素振りを見せた。また義朝も家来を休ませる必要を感じており、長田の言葉にうなずいた。

年明けて一月三日、長田忠致がやってきて、

「明日は出立ですな。今日は、思う存分、飲みましょう。その前に湯を沸かしたゆえ、御行水候え」

「神妙に申したり」

義朝は、金王丸に太刀をもたせ、浴室に向かう。

長田邸の湯殿は、大変贅沢《ぜいたく》で、檜《ひのき》の大きな浴槽にたっぷり湯が張ってあった。

まず、かけ湯をして、金王丸に垢《あか》を取らせる。袖をめくり上げ、襷《たすき》がけした金王丸は——主の太刀を、上がり場に置いていた。何者かが上がり場に入って刀を盗《と》らぬよう用心していた。

垢取りが終ると、素裸の義朝は湯船に入り、逞しい四肢を伸ばす。若き従者は湯に入らず、簀子《すのこ》に膝をついている。久方ぶりに浸《つ》かった湯は凝り固まった疲れをほぐし、憔悴した心をなぐさめた。

後ろばかり見て沈みがちな義朝の心が少しずつ前を向きはじめた。むろん後ろを忘却するわけではない。落ち着きを取りもどした今こそ、様々な角度から負け戦を眺め敗北を血肉にしようと考えた。

……清盛を倒すのに必要なのは武芸にあらず。我が武芸は、彼奴に勝るとも劣らぬ。されど天下《てんが》を武士が動かしはじめた以上、武士は政や調略にも通暁しておらねば……。わしが劣るのはこじゃ。坂東にもどり、その方面でわしを補佐してくれる者をあつめよう。――さすれば勝てる。必ずや反撃できる。……まっていてくれ、常盤。

「ああ……何と心地良いのだ。鎌倉の屋敷も蒸し風呂ではなく、これにしたいものよ」

金王丸と戯言をかわし、湯気で顔を赤くした義朝はザバッ、と顔に湯をかけた。

「そろそろ出る」

「はっ。お帷子《かたびら》まいらせよ！」

金王丸が遣戸《やりど》の向うへ凜とした声をかける。

「…………」

不気味なほど――静まり返っていた。

「人はおらぬか！」

金王丸は鋭く咎め、義朝は首をひねる。

金王丸は遣戸を開けた。

――上がり場には誰もいない。もう一度呼ぶも、答《いら》えはない。

「……呼んで参ります」

金王丸は上がり場から暗い廊下に出、その場をはなれた。

その時。

物陰に隠れていた三人の逞しい男が、上がり場、そして、湯殿に素早く踏み込んだ――。

美濃尾張一の大力と言われた毛むくじゃらの大男、橘七五郎《たちばなのしちごろう》と、剣の名手として知られる弥《や》七兵衛《しちびょうえ》と浜田三郎《はまだのさぶろう》、いずれも、長田の若党だ。七五郎の黒い剛毛におおわれた腕が、盥《たらい》をひろって戦おうとした義朝を後ろから羽交い締めにする。手から、盥がこぼれた。

刺し手二人が刀で義朝の脇の下を二回ずつ突いた。

凄まじい血潮が、赤い滝になって、床に散った――。

義朝は声をしぼり、

「正清は候わぬか！　金王丸、なきかっ、義朝、只今討たるるぞ！」

「憎い下郎どもめ！　一人も生かさぬぞ！」

夜叉のように吠えながらもどった金王丸が、上がり場にあった義朝の刀を抜き、三人の刺客を一瞬で斬り殺した。

「何事」

舅にすすめられ酒を汲みかわしていた正清は叫び声に気づいた。

ほろ酔いが一気に醒《さ》め、眼前にいる舅への冷たい不信が漂う。

刀を取って腰を浮かせ、素早く襖《ふすま》を開けた正清を、襖の向うに隠れていた男の凶刃が襲う。長田景致の剣が――正清の両足を、脹脛《ふくらはぎ》の所で、横撫ぎに斬った。足をもがれた勇士は夥しい血飛沫を板敷に撒《ま》き散らしながら、

「……お供致しますっ！」

平賀義信は出居《でい》という渡殿の一室で、玄光は遠侍《とおさぶらい》にて饗応《きょうおう》されていた。異変を嗅ぎ取った義信は、

「かくなる上は逃げるっ」

と、叫び、庭に飛び出、立ちふさがる者を全て斬り払い、脱出した。

一方、義理固い玄光は義朝を救おうと湯殿を目指している――。そして、血だらけの金王丸と鉢合わせした。顔を赤く染め、血刀を引っさげた金王丸は、

「頭殿が討たれ申した。鎌田殿も、殺《や》られたろう」

玄光は木刀をにぎった手をわななかす。

「そうか……。では、長田を討って、ご霊前に供えん」

「よう言われた。御坊」

二人は長田がいるはずの常居《つねい》（居間）へ突きすすむ。金王丸は、亡き主の太刀で、玄光は木刀で、長田党を薙ぎ倒し、八人屠《ほふ》って、常居にたどり着く――。

だが、鎌田正清の無残な骸が転がっているばかりで長田親子の姿はなかった。二人の勢いを恐れ素早く隠れたのだ。

金王丸と玄光は押し寄せる敵を打ち払い、厩《うまや》に走り、長田の馬に飛び乗った。

馬術の名手たる玄光は、この時、奔馬に後ろ乗り、つまり前ではなく陰謀の屋敷の方に体を向け、侍どもに、

「さあ、かかってこい！　かかってこい！」

と、怒鳴りながら――駆け去った、とつたわる。

鎌田正清の妻は父と兄の計画に気づいていたが、夫に知らせようとした処、家人たちに奥の一室に押し込められ、とうとう急をつたえられなかった。正清の妻は夫の斬殺死体に取りつき、

「死ぬ時は一緒とあれほど契ったではありませぬかっ。あの男とは……親子ですが……一度も睦《むつみ》合《あ》ったことはございませせぬ。……ついて参ります」

と、言うや、夫の刀を取って、心の臓に当て――俯《うつぶ》せになって自害した。

二十八歳であった。

長田忠致は、

「子供たちを栄えさせるためにしたことだったが……何ゆえ、娘は、死んだのか」

と、悔やんだとつたわる。

後日、朝敵、義朝を討った長田親子は莫大《ばくだい》な恩賞——義朝の遺領全てか、尾張一国——を、清盛に望んだ。

だが清盛が下した恩賞は遥かに小さなものだった。長田忠致は壱岐守《いきのかみ》に、景致は左衛門尉《さえもんのじょう》に任じられた。

「義朝が、不憫だ……。かの親子の手足の指を、二十日かけて一本ずつ切り落とし、しまいには首を刎ねるべきかと存ずる」

と、発言した清盛の子、重盛のように、長田親子に憤る武士が、平家の中にも多くいたからだった。

長田忠致、景致親子はずっと後年、天下人、源頼朝に斬られることになる。

雪の坂

――常盤御前

引っ掻《か》け落とすべく吹いた鋼の風に、源義朝《みなもとのよしとも》は、血走った双眼をかっと剝《む》き、咆哮《ほうこう》した。太刀《たち》で次々に火花を咲かせ熊手を払う。手綱を思い切り引くや、黒駒は、汗にまみれた筋肉をうねらせ——大きく、跳ねる。

宙に浮いた蹄《ひづめ》のすぐ下を薙刀《なぎなた》が走る。

左右からどっと徒歩武者《かちむしゃ》が飛び出、熊手、薙刀を、振るってきたのだ。

義朝は、すれ違い様、右手《めて》の敵に——刀を浴びせる。その男の顔面から、火山の如《ごと》く血が噴いた。

「金王丸《こんのうまる》！　おるかっ」

義朝が声を張ったのは平治《へいじ》元年十二月二十六日。比叡山西坂本《ひえいざんにしさかもと》に差しかかった辺りであった。

西坂本は延暦寺《えんりゃくじ》が、西、つまり花洛《からく》側にもうけた、門前町だ。

歳末ともなれば、この町は、打毬《だきゅう》に興じる童ども、打毬につかう曲杖《きょくじょう》を売る男、正月飾りの注連縄《しめなわ》、裏白、楪《ゆずりは》を天秤棒《てんびんぼう》で商う男、門松売りなどが、見られるものである。

ところが今、左様な人々は、いない。

逃げる義朝の軍勢が立てる音を別とすれば——町はすっかり、静まっていた。妻戸や舞良戸《まいらど》をきっちり閉じた町は、しきりに山から吹き下ろす砂混りの冷たい風にふるえている。

兜《かぶと》を激しく揺らした義朝は、白い息を吐きながらいま一度、

「金王丸っ！」

「――ここにっ」

後ろから若武者が馬を駆けさせてくる。その後ろには、傷ついた敗軍百余り、血と埃《ほこり》で汚れた源氏の白旗が見える。

息を乱した義朝は、

「その方、これより、洛中《らくちゅう》にもどり、常盤《ときわ》が宿所へむかえ。戦の顚末《てんまつ》と我が言葉をつたえよ」

「御意」


この日、源義朝と藤原信頼《ふじわらののぶより》は――平清盛《たいらのきよもり》に、敗れた。

平治の乱である。

元服前の若党、渋谷《しぶや》金王丸は、義朝の命を受け――義朝最愛の側女《そばめ》、常盤の許《もと》に向かっている。

＊

山吹色の地に白い藻勝見《もかつみ》、梔子《くちなし》色の藻勝見、二色の有職文《ゆうそくもん》が、浮き出ている。

綾錦《あやにしき》のしっとり品のよい袿《うちき》である。

袿の袖からは、華やかな紗綾形《さやがた》が織り出された、固地《かたじ》綾の卵色の単《ひとえ》が、のぞいている。

腰から下は裳《も》が垂れていた。

白雪のような絹の裳には松葉菱《まつばびし》という模様が浮き出ていて、下部に藍で荒磯《あらいそ》が擦り込まれており、立派な松が立っていた。その根元に銀糸で真に控え目な刺繡《ししゅう》がある。銀の笹《ささ》と、銀の鳩《はと》。鳩は五羽おり、二羽は成鳥で、三羽は雛鳥《ひなどり》だった。

源氏の守り神・八幡大菩薩《はちまんだいぼさつ》の御使いとされる鳩を裳にそっと忍ばせたのは、一人の女性《にょしょう》であった。

若い。

澄んだ瞳は憂いをふくみ紅をほどこした唇はふっくらと瑞々しい。

山桜の花に似た素朴な麗しさをもつ美人であった。

常盤御前。

源義朝、最愛の女《ひと》である。

常盤は殺風景な板間で厨子《ずし》と向き合っていた。

蒔絵《まきえ》、螺鈿《らでん》の、豪奢《ごうしゃ》な厨子ではない。艶《あで》やかな装束とは対照的に飾りのない白木の厨子。

厨子の中には——これまた素朴な、小さい木彫りの観音が、佇《たたず》んでいた。

ただ観音が浮かべる笑みは美しい。清らで、まろやかな笑みなのである。観音の面差しは、何処《どこ》か常盤に似ていた。

厨子と仏像の素朴さは、義朝が常盤のために建てたこの屋敷の雰囲気と通い合っている。

義朝は賄賂と奢侈《しゃし》にまみれた都で暮しても京風に染まらなかった。

東国で荒ぶる、野風をはこんできたような、武骨な男《ひと》だった。

だから義朝の屋敷には、公家《くげ》や平氏の館に見られる贅沢《ぜいたく》な調度が少ない。

大きな田舎家《いなかや》と言ってもいい質素な家だ。が、他の女の装束に、異様なほど喧《かまびす》しい女房たちの目を気にしてか、常盤の装束については十分すぎるほど立派にととのえてくれた。

常盤は義朝を敬い深く愛していた。

大和《やまと》の貧しい百姓の家に生れた常盤は——職人が、唐菓子などでつくった花よりも、野山に咲く真の花の方が、麗しいと知っていた。蒔絵の中に在る金銀でかざられた極楽より、子供の頃よく泳いだ花の咲く樹にかこまれた底が見えぬほど深い青淵《あおぶち》の方が、美しいと感じている。

山里でつちかわれた常盤の心と東国の原野に育てられた義朝の魂は、深い処《ところ》でつながっていた。

——どうか負けないで下さいませ。

常盤は観音に祈っていた。観音が、勝ち戦を祈る仏でないと知りつつも、

——清盛は、貴方と真逆の武人。貴方が東国の原野が形になったような荒武者なら、清盛は……華やかさの裏に、謀《はかりごと》が渦巻くこの都が形になったような人。都で戦うなら清盛の方が有利かもしれませぬ。されど、負けては……なりませぬ。

常盤は花に似たかんばせから憂いをにじませて、必死に祈る。

一見のどかな女性《にょしょう》に見える常盤だが、義朝が思うほど世事に疎くはなかった。

強い自信にみちた夫の言葉は、不安の裏返しだと悟っていた。

兵力と政治の抜かりなさにまさる清盛が優勢だと、わかっていた。

気づかぬふりをしたのは——義朝の不安をふくらませぬ配慮である。

もっとも、義朝が負けると思っているわけではない。

むしろ……勝つと信じている。

不利な状況ではあるが、義朝はそれをくつがえす力をもっていると、常盤は信じているのであった。

——わたしが信じなくて誰が信じよう?

隣では七歳の今若《いまわか》と五歳の乙若《おとわか》が小さな手を合わせていた。

今若は、気が強そうな目を剝き、観音を睨《にら》むようにして、祈っている。今若は父親似、何処を取っても義朝に似ていた。色白でやさしく、おっとり、のんびりした乙若は母親似。目と口が常盤にそっくりだ。鼻だけが義朝似か。乙若は、少し眠たげだった。

屋敷には今、常盤と三人の子、常盤の母、中の子と末の子の乳母、老いた侍数人、雑色《ぞうしき》と雑仕《ぞうし》女《め》がいた。

戦の帰趨《きすう》を知るべく常盤は雑色二人を走らせていた。

一人は、御味方が押しているようです、と告げている。もう一人は、先程もどり、悔しいことに敵が優勢、御味方は北に崩れはじめました、と、話した。

どちらが真《まこと》か判然とせぬ。

常盤としては前の方が真と信じたい。暗い不安が胸で漂うも、夫はまだ何とか踏ん張り、清盛の大軍と死闘を演じている、きっと逆境を突き破ると信じ、仏に向き合っていた。

と――後ろで牛若《うしわか》が泣き叫ぶ声がした。

振り返る。

常盤のすぐ後ろで、浅黒い乳母が、嬰児《みどりご》をかかえている。――牛若丸である。藁籠《いずめ》が傍《そば》に置かれていた。

乳母の表情は、乳をやっても？　と訊《き》いていた。常盤はうなずく。乳母は小袖をくつろげ、くるりと体をまわす。観音に一礼した常盤は祈りを中断し乳母の前にまわり込む形で赤子を覗《のぞ》きに行った。常盤は乳母が我が子に乳をやる時、どうしても見守らずにはいられない。一人目の時からそうだ。

常盤が生れた貧しい山里では、母が子に乳をあたえ自ら育てる。

が、京の権門では、母親が我が子に乳をあたえること、幼子を自ら育てることを……卑しい、と見做《みな》す。

乳母の役目と考える。

豪奢な絹の重ね着も生母の子育てを阻む壁となっていた。

だから、都の権門では――実母と心を通わせられず、乳母にばかりなつく子が、見受けられた。

庶民の中でそだった常盤は、華麗なる貴族に見られる親子の遠さより、鄙びた村で見られる家族の近さに、親しみを覚えている。

浅黒い乳房をあてがって乳をやる乳母、一心不乱に吸った後、潤んだ眼《まなこ》で乳母を見上げる牛若、二人の間に通う温もりが、常盤は羨ましい。錦の袿、綾の単、鬱陶しい裳、全て脱ぎ捨て、大和で着ていたような粗末な小袖を着て、この子に乳をあげたい――。

乳をたらふく飲んでも牛若は泣き止《や》まない。鼻と頬を真っ赤にし、目を細糸にして泣き叫んでいた。

「藁籠に入れてやろう。そこが、牛若お気に入りの所ゆえ」

常盤が牛若を受け取ろうとした時である。

「常盤様!」

駆け込んだ雑仕女が、

「殿のお使いで金王丸殿が参りました」

――勝ったか? それとも……。

「あいわかった」

常盤は、すぐに立ち、

「子供らもつれて参ろう」

今若と乙若、そして牛若を抱いた乳母をつれ、渋谷金王丸と対面した。

板敷に一つ置かれた畳に、常盤と二人の子が座り、少し下座に乳母と牛若、さらに下《しも》に、常盤と向き合う形で金王丸が控えている。

少年武者から漂う悽愴《せいそう》たる気は戦の激しさを語っていた。

唐輪に結った髪に、埃がかぶり、細く鋭い目の下、浅黒い頬には、血の拭い痕がある。萌黄縅《もえぎおどし》の鎧は矢と血の雨を浴びたか、傷つき汚れていた。

「頭殿《こうのとの》は……清盛が勢に打ち破られ申した」

頭殿――左馬頭《さまのかみ》殿の略称で、家族や家来は義朝をこう呼んでいる。義朝は三年前に、左馬頭に任じられた。

……負けた……あのお方が……。

――白い光の矢に脳天を射られた常盤は世の中から音というものが遠ざかってゆく気がする。

平家の方が強いという冷ややかな現実は、常盤に認識されていた。だが、義朝は必ず逆境を潜り抜ける、それができる男だという信念が、彼女には、あった。

その健気《けなげ》な信念が、一瞬で砕かれた。

今若は硬い顔で、身を乗り出す。乙若はことの重大さがわからぬか、おっとりした様子。牛若はこの部屋に来てから俄《にわ》かに落ち着き嬉《うれ》し気に指をしゃぶっている。

金王丸は、煮え滾《たぎ》る痛恨を抑えた声で、

「頭殿は、かく仰せになりました。『合戦に打ち負け、当てもなく落ちておるが、子供らが気がかりでならぬ。いかなる国、里でも安心できる所を見つければ、迎えをつかわす。それまで……深き山里に身を隠し、音信《おとずれ》を待ちたまえ』」

「…………」

――勝つ、と信じていた、いや、信じようとしていた。

常盤が生れた山里の者なら、戦が起きた場合、子供と共に山に隠れる。だが、常盤は今――武士の妻である。はたから見れば愛妾の一人かもしれぬが、妻の一人という矜恃をもっている。常盤が入った武門の棟梁の家は、逃げるという行いは無様で卑怯という意識を、彼女の胸底《むなそこ》に植えつけていた。戦う前から、勝ちを疑い、逃げる算段などととのえるのは、夫への裏切りに思えた。

だから常盤は逃げ支度など一切していない。

もし、義朝が清盛に負け、斬り死にしたら――世界は闇と化す。闇の中でなど生きたくない。子供たちと死のうと覚悟していた。

だが今起きているのは、常盤が考えていた二つの結末、義朝の勝ち、義朝の死のどちらでもない、義朝は敗れたが、生きて逃げている、という事態であった。

常盤の信念は、ぐらつきだした。

……あの御方は負けたが、生きている。ならば我らも生きねば。

さらに負けが現実となって初めて、敵の非情の刃で斬り捨てられる子供たちの地獄絵図が、はっきりと見え、断末魔の悲鳴がなまなましく聞こえるような気がしている。

――このいたいけな子供たちが――敵に斬られる……殺される。この幼さで……斬られる。嫌。嫌じゃっ。

子供たちを守りたいという思いが濁流となって噴き出て、死への覚悟は、罅割《ひびわ》れはじめた。

……生きたい。この子らと。この子らをそだてたい。どんなに貧しく慎ましい暮しでもよいのだ。わたしは元は、百姓の女なのだもの。

しかし、

……吾《われ》らは……置き去りにされたようなもの……。

今、都は、敵に、平家に、席巻されている。

もし義朝が負けても自分たちを助ける手勢を差し向けてくれるだろうという甘えが、常盤にはあったのやもしれぬ。

だが、義朝がつかわしたのは金王丸一人。

敵地の只中《ただなか》に、常盤と、上は七つ、下は一つ、三人の子は、置き去りにされた——。数え歳《どし》で一つであるから牛若丸はこの時、零歳児である。

常盤は思わず横によろめき、板敷に突っ伏していた——。

涙が、溢《あふ》れる。唇を噛《か》み、

……わたしは愚かだっ。覚悟など出来ていなかったのだ。平家が優勢とわかっていたのなら子供たちを逃がす道を考えておくべきだったのだ。どんなに無様でも、卑怯と言われても、臆病と嘲られても、子供たちと生きる道を必死でさぐっておくべきだったのに。なのに、しなかった。矢の雨にも、剣の波にもおびえぬ武士の女になろうなどと……。これで子供たちが死んだら、常盤、お前のせいよ！

涙が次から次へと溢れて言葉が出なかった。

気性が荒い今若が、太い声で、

「父上は何処《いずこ》に？　何処に、向かわれたかっ」

乙若が、か細い声で、

「父上は……もう帰ってこないのですか？」

子供二人は泣きじゃくる。対照的に牛若はおろおろする乳母の腕の中で眠りはじめている。

――わたしが、しっかりしなければ。しかしせめて……一手を……。いいや、あの御方にたよりすぎてはいけない。何か手を打つ暇《いとま》が無いほど激しく清盛に破られたのじゃ。

己に言い聞かせ、嘆きを押さえ込んだ。涙を拭った常盤は静かに起き、

「頭殿は何方《いずかた》へ……？」

「東国へ、と仰せになりました。坂東には相伝譜代の御家人衆がおりまする。常盤様と御子たちをお守りしたいのですが……それがし、平家の奴《やつ》ばらに顔を知られておりますゆえ……共に動けば災いがおよびます」

「…………」

常盤がうなずくと、金王丸は、

「今、洛中は戦に乗じた女取り乱取《めとりらんど》りが横行しておりまする」

近国から殺気立って上洛したものの既に戦が終り、ろくな手柄を立てられなかった猛兵の一部が鬼と化している。便乗して跳梁《ちょうりょう》する悪人もいる。

若武者は、九年前、「天下一の美人たり」「異国に聞こえし李《り》夫人・楊貴妃《ようきひ》、我が朝には小野小町《おののこまち》・和泉式部《いずみしきぶ》、これには過ぎじとこそ見えし（異国の美人と名高い李夫人、楊貴妃、日本の小野小町や和泉式部も、常盤の美しさには敵《かな》わない）」と評された常盤と若君たちに、汚れた毛むく

じゃらの魔手がおよぶのを、案じているようだった。

「洛中がいま少し穏やかになるのをまって……山里へ」

「逃げよと申すのじゃな？」

「……左様。清盛の追及は今、頭殿に向いております。この家に兵が踏み込むまで……些か時はあるかと」

彼は行こうとしているのだと気づく。義朝に、合流しようとしているのだろうと。金王丸は義朝の小姓で、義朝を守る役割を負う者だ。

「行きなさい。金王丸。そして、頭殿をお守りして」

「……はっ。お名残り惜しゅうございますが」

合流も、命懸けであろう。

金王丸は苦し気に腰を上げ、

「頭殿へのお言伝は？」

「……………」

常盤は唇を噛み、じっと黙していた。様々な言葉が浮かんでは消え、どうしても形にならない。

やがてかすれ声で、

「ご無事をお祈りすると」

「落ち着き先が見え次第、お知らせ致します。お傍におらぬと、片時《へんし》も落ち着きませぬゆえ、これにて……」

金王丸は去ろうとした。と、金王丸の血で汚れた左の籠手《こて》を、小さな手が摑《つか》む。強い声で、

「我はもう七つ。親の仇《かたき》を討てる歳だろう？　お前の馬の尻に乗せて、父上のおられる所まで具して行けっ。もはや、逃れられんっ。平氏に殺されるより――金王丸、お前の手にかかりたい。さあ、具して行けっ」

泣きながら命じたのは――今若だ。三つで弓に興味をしめし、義朝を喜ばせた、若獅子《わかじし》が如き子である。

渋谷金王丸は面貌を押さえて屈強な肩をふるわすと、

「頭殿は……東山なる所に隠れておられます。夜になれば、お迎えに参られますゆえ……若君、どうか、この袖をおはなし下され」

――嘘《うそ》である。

「そうか」

今若は、素直に袖をはなした。明るい声で、

「父上は……我らを迎えに来て下さるのだな？」

涙を流しながら嬉し気に言うのだった。

金王丸はもう一度、常盤を見ると、大きくうなずき、激しい勢いで去った。

この日、義朝は、比叡山西坂本から八瀬《やせ》、大原《おおはら》、龍華越《りゅうげごえ》を抜け近江《おうみ》に山越えし大津へ南下した。

一方、常盤の住いを出た金王丸は京を出て、東海道を東に走り、大津へ出る。

遠回りして大津に現れた義朝と奇跡的に合流。轡《くつわ》を並べ、東近江へ走っている。

夕刻。町にさぐりに出した老侍二人のうち、一人がもどる。老侍は、常盤に、義朝の本邸――正妻が住んでいた館である――など反乱の主だった者の家が焼かれたこと、それにともなう略奪をつたえた。

常盤は渡廊から離れに向かう。離れには、病の母がいる。

足を止めた。

渡廊の左に、白梅がうわっている。

白く丸い蕾《つぼみ》が枝につらなっており、もう少しで甘い匂いを解き放ちそうだ。丸々と太った蕾たちは赤い薄皮で枝とつながっている。

頃は年の瀬。

太陽暦の年の瀬は冬の只中だが、陰暦では春の足音がすぐそこまで迫っていた。

庭の梅のように穏やかな春を甘受できる年は、この先くるのだろうか。常盤は硬い面差しになった。

襖《ふすま》を開ける。老いた尼が、横たわっていた。切灯台の淡い光が、寝る時もはずさぬ鼠色《ねずみいろ》の頭巾、前半生の苦悩が深い皺《しわ》をきざんだ小さき顔を、ぼんやり照らしていた。

木枕に頭を乗せた母は天井を見上げていた。不穏なほど澄んだ眼差《まなざ》しに思える。

既に、負け戦の話は、つたわっている。

常盤は都の有様を話す。

母は、天井を見据えたまま、

「で、お前、どうするつもりだい？」

「このまま都にいたら平家に殺されます。あの子たちは、頭殿の子」

負けた義朝は——朝敵の汚名を着せられていた。どんな危険、罰が降りかかるか知れぬ。金王丸が説くように都が落ち着くまでまっているのが正しいのか。

……いや……。

「逃げる他ありませぬ」

どれだけ危うくても、洛中を突破し、皆で逃げる他ないと説く。だが、母は、常盤を見るなり、

「いかん」

「何故？」

「荒武者や、どさくさに紛れて暴れまわっている追剝に、女取りされる。童らはどうなる？　人商人《あきびと》に叩《たた》き売られるよ。みんな、離れ離れになるだろう」

そして、声を押し殺し、

「供の者が……皆信頼出来ると？」

——母上のおっしゃる通りだ。やはり……今すぐは危ない。

うな垂れ黙り込む常盤に、

「この婆《ばあ》さんは、どうなる。え？」

「……」

「置いてゆく気か？　それもよかろう。こんな年寄り……何の役にも立ちゃあしない」

母は年を取るにつれ皮肉っぽく僻《ひが》みっぽくなっていた。その僻みはどういう訳だか、娘である常盤に向けられることが多い。

「置いて行きなんかしません」

そうは言ったが、病気の母をつれ、果たして逃げられるのかという恐れが、常盤にはあった。

老母はいつもの皮肉っぽく卑屈な様子を収め、じっと常盤を見て、しばし黙してから、

「こうなったら平家の慈悲にすがる他ない気がするが」

「いえ、時期を見て逃げるべきです」

今、平家の手は信頼と義朝の追捕にのびている。その次に、家族の追及にうつる。

「今すぐが駄目なら、都が落ち着き、我らへの追及がはじまる前の空白を衝いて脱け出る他ないのよ」

「なら置いて行け。わしには、もう旅は……無理だよ」

いきなり半身を起した老母は畳を殴る。

「ああ、糞《くそ》っ」

「母上、どうしました？　止《や》めて」

母は、頰をひどくふるわし、

「こんなことになるなら、九年前、役人と話すんでなかったのう」

「…………」

九年前――。

常盤は母と二人で、当帰《とうき》を鬻《ひさ》ぎに、上洛した。当帰《とうき》は婦人病に効く薬草で、大和の山野によく生える。

折も折、平安京は立后に沸いていた。

藤原呈子《ていし》（九条院《くじょういん》）が近衛《このえ》帝に嫁ぐという。

呈子は、お触れを出している。

――洛中から美女千人をあつめ、その中から十人よりすぐり、侍女とする。我こそはと思う者、申し出よ。

市でこれを知った母は常盤に内緒で申し込んだ。都の行儀作法に自信がなかった常盤は母を激しく恨んだ。

しかし、蓋を開けてみると――。

常盤は見事、千人の中の百人、百人中の十人にのこり……貴顕たちから、この十人の中の一番、つまり、王城一の美女、いや、日域一の美女也と、激賞された。

まさに常盤は平安朝のシンデレラと言ってよかろう。呈子に仕えたのがきっかけで、武家の雄、源義朝に見初められ、深く愛され、幸せにつつまれたのだから。

だが、その煌《きら》びやかな花は、今、苦しみの涙で萎《しお》れている。

「わしが勝手に役人と話さねば……お前は今頃、成彦《なるひこ》あたりと、山里で幸せに」

常盤はやわらかく、

「止めて。成彦に惚《ほ》れてなどいないわ。母上が勝手に思うていたことよ。わたしは頭殿に会えて……良かった」

胸に手を当てる。

「……幸せ、でした。三人の子をもうけられて幸せだった。頭殿とすごした日々はこの上ない喜びをあたえてくれた」

母は、面貌を激しく歪《ゆが》め、

「お前のおかげで……夢にだに見ぬほど楽な暮しを、させてもろうた」

「だからもう運を天にまかせましょう」

こう常盤が言った時だ。

「母者！」

今若の声がして襖が開く。今若は、泣きべそをかいた弟の手を引いていた。

「乙若の奴……乳母ではなく、母者と一緒にいたいって」

怒ったように言ったが、今若も常盤と一緒にいたそうである。

何故だろう。こんな状況なのに、いやこんな状況だからか、常盤の胸に熱い奔流が生れている。

声を詰まらせ、

「……牛若もつれて参ろう」

老母は目を手でおおい顔をそむける。

その夜は、常盤と母、三人の幼子で田舎の唄を歌って過ごした。

洛中に探りに出した侍の一人はとうとうもどらない。争いに巻き込まれて斬られたか、常盤を見限って、行方をくらましたか。

翌日、牛若の乳母も出奔している。常盤は、牛若に、自ら乳をあたえはじめた。豪奢な絹の重ね着は、子育てには向かない。常盤は雑仕女に光り輝く絹衣をあたえ、代りに雑仕女が着ていた継ぎ当てだらけの粗衣をもらい受けた。

苧《お》の衣に着替えた刹那、持ち主の女はどっと涙したけれど、常盤は全く気にならなかった。それどころか、不思議な充足を得ている。

――大和にいた頃、もっとみすぼらしい衣を、着ていたもの……。

かくして常盤と子供たちは先が見えぬ正月を迎えた。

この頃の人は、元日に一つずつ齢《とし》を取る。

今若は八つ、乙若は六つ、牛若は二つとなった。

一月五日。屋敷に仕えていた家来たちは、毎日のように消え、今では老侍と雑色一人ずつ、雑仕女二人しかのこっていない。

だが、老侍は、

「逃げただけというのは、もうけものにございますぞ。常盤様が恨まれていたら密告され、今頃、平家の軍兵が屋敷にきております。逃げた者が密告せぬのは常盤様が好かれておった証《あかし》」

前に雑仕女をしていた常盤は自分の雑仕女や雑色に辛く当ることはせず、あたたかい言葉をかけるのが常だった。

「お気持ちをおおらかにもたれ、頭殿の遺いをまちましょうぞ」

……おおらかになどなれぬ。

外では平家が、都に隠れた義朝の家来を捕縛、処刑しているという。屋敷を出れば粛清の嵐か追剝の渦に呑《の》まれる。常盤はじっと屋敷に潜んでいたが、このまま都にいれば、いずれ清盛の手によって子供らの息の根が止められてしまうという暗い懸念が、日に日にふくらむのだ。

——まだ平家の者はこぬ。だが、いずれきっと……。

それでも常盤は、無理をして明るく、

「いなくなった者の仕事はわたしがやりましょう」

と、薪《まき》割り、炊事などに精を出す。そうした仕事に打ち込むことで悪い想像がふくらむのを抑え、義朝の遣いをまっていた。

血の如き夕日を浴びた常盤が牛若をおぶって濡《ぬ》れ縁《えん》に立ち、軒に吊《つ》るした干し柿に手をかけた時である。

——屋敷に駆け込んできた男が、ある。

馬から転がり落ち、常盤の正面によろめき出た男は、バッタリと庭に崩れている。

旅塵《りょじん》にまみれ、いたわしい程やつれた男は――金王丸だった。

金王丸はしばし気をうしなったようになり、ものも言えぬ。精も魂も尽き果てているようだ。

井戸に走った常盤が水をもってくると柄杓《ひしゃく》でこぼしこぼし飲む。

若党は、何とか身を起し、こう言ったと伝わる。

「頭殿は、去んぬる三日に、尾張国《おわりのくにの》野間《ま》と申す所にて、重代の御家人、長田四郎忠致《おさだしろうただむね》が手にかかりて、討たれさせたまひ候ふ」

「頭殿が……討たれた……。殺された……家来に」

金王丸の知らせを聞いた常盤は悲しむよりも――口と目を虚《うつ》ろに開き、虚脱に近い有様になっていた。

いつしか、子供たち、僅かな家来が常盤の傍にあつまり、さめざめと泣いたり、固く合掌して、念仏を唱えたりしている。

金王丸は京を出てからの逃避行と夫の死の顚末を語った。

「刺客どもを討ち果たし……」

乱刃を掻い潜《くぐ》って暗殺の館を出、必死に馬を走らせ上洛したという。

若党の話に家人たちは益々《ますます》涙する。

だが、常盤は魂が口から抜けて宙を漂い、人々を上から見ているような感覚に襲われる。不思議に涙は湧いてこない。

……悲しいはずなのに。わたしは、薄情なのか？

衝撃が強すぎるのか、実感が湧かぬ。夫が死んだという重みが胸に何故か、来ない。

深く息を吸った常盤は、

「金王丸。ここにのこり我らを助けて下さらぬか?」

金王丸は苦し気に首を振り、

「前にも申した通り、平家の侍を斬りすぎたゆえ――追われておりまする。ここに二度参るのも命懸けでした。それがしがお傍におれば御子たちが危うくなります」

金王丸は、青ざめた顔で、

「それに……頭殿を死なせた以上……侍をつづける意味を見出せなくなりました。髪をおろし、先君の弔いをしたく思います」

元服前なのに、武士としての将来に絶望した若者を、止めようもない。


一月二十一日。義朝の長子、悪源太義平《あくげんたよしひら》が、平氏に捕らわれ、清盛の命で、六条河原《がわら》に引き立てられ、首を刎《は》ねられた。

二月九日。義朝の三男で跡取りと目された十四歳の凜々《りり》しい少年が、六波羅《ろくはら》に護送されている。

雪の伊吹山《いぶきやま》で父とはぐれ、青墓《あおはか》まで一人で出た処を捕まったのだ。

――頼朝《よりとも》。

頼朝も清盛に斬られるだろうという噂《うわさ》が洛中を駆けめぐる。

義平刑死と、頼朝死罪の噂は常盤を激しく恐れさせた。二人とも他の女が産んだ義朝の子である。腹を痛めた三人もこのままでは、きっと清盛に殺される気がした。

……戦の前は覚悟したはず。だが今は……。

子供らを抱く力が強まる。

「母上、痛いっ」

今若が言うのを聞きながら、

……覚悟など出来ぬ。死なせる訳にはゆかぬ。こんな愛おしい子らを、どうして死なせられよう？

子供らに振り下ろされる白刃、しぶく血を思うと、自らが細切れにされる気がした。

——逃げる他、ない。

決めた。

家来をつれていこうか迷うも、長田忠致の話が胸に血色の影を差す。人は欲をきっかけに裏切るだけではない。恐れをきっかけに、寝返りもする。

——誰にも相談出来ぬ。

しかし、重い病に伏せる母が……胸に引っかかった。

日が暮れて皆が寝静まる。

子供たちにそっと支度をさせた常盤は母が寝ている離れをたずねる。

老母は、規則正しい寝息を立てている。

寝息が、一時、止る。

「母上」

常盤が囁《ささや》く。

また、息の音が、し出した。

大和の山里で暮していた頃の母の姿が次々に常盤の胸に押し寄せる。

川の水にひたしてやわらかくした葛や苧を手で裂き、細くして、一本にむすび、糸にして苧桶《おぼけ》に入れていた母。

そんなふうにつくった布から衣をつくり、その衣の内に、野に生えていたススキの穂を入れ、あたたかくしてくれた母。

京で喧嘩《けんか》をしてしまった時の母の顔。常盤が義朝に娶《めと》られるのを喜び、涙した母。京の行儀作法を覚えるのが苦手な母に、心ない言葉を浴びせてしまった時の、寂しげな眼差し。

……ああやはり、この人を共につれて行きたい、という気持ちが、どっと溢れた。

だが、旅は母の肉体を蝕《むしば》む。決してつれては行けない。

魂が根から強く揺さぶられるのを覚えながら消え入りそうな声で、

「不孝なわたしを……許して下さい。子供たちのためなの」

と、

「お行き」

――起きていたのだ。

老母はやさしく微笑《ほほえ》んだ。

「この前も言ったろう？　わしのことはもういい」

嗄《しゃが》れ声で、

「さあ……お行き」

「母さんっ」

面貌を歪めた常盤は母におおいかぶさるようにして肩を激しくふるわす。

「……よい子じゃ。よい子め。……ほら、どうして泣く？　大丈夫、大丈夫じゃ」

弱々しい手が常盤の頬をふるえながらさすった。常盤から落ちた雫《しずく》が、母の皺深き頬を濡らす。

だが、母は一切涙を見せず、静かに、

「もうお行き。夜が明けてしまうよ。……暗いうちに行くんだろ？」

常盤は張り裂けんばかりの思いで、そっと襖をしめる。

刹那、老母は、一筋の涙を流した。横たわったまま皺深い手を強くこすり合わせた。


さ乱れ髪を波打たせ、子供たちだけつれて、屋敷を出る——。寝ぼけ眼をこする今若を先頭に立て、牛若を胸に抱いた常盤は、他に人のいない夜の都大路を行く。乙若はあくびしながら隣を歩いている。

常盤のこの日の出で立《いた》ちは、雑仕女が着ていた、粗末な小袖。今若、乙若にも、地味な小袖を着させた。

先頭を行く今若が、

「何処に行くの？」

「大和」

常盤は囁く。

大和といっても故郷にかえれば、すぐ足がつく。大和の龍門《りゅうもん》なる山深き里に父の兄が、いる。そこを目指す。

「まず、清水寺《きよみずでら》に行く。そこで旅の無事を祈るの」

常盤は都に住んでから長いこと清水寺に月詣でしていた。また、清水の本尊は観音であるが、常盤は十五歳から、十八日ごとに、観音経を欠かさず読んでいる。

……本尊も、憐《あわ》れみを垂れて下さるはず。

あえかな燈明《とうみょう》に照らされた夜の清水寺は、観音に救いをもとめる参籠の人々でごった返していた。

堂の中では、貴も賤も、男も女も、貧も富も、肩をすり合わせ、仄《ほの》明りに照らされた諸仏に相対していた。

これからのことを考えると不安でたまらない。今、此処《ここ》にいる人たちの中で、こちらを窺《うかが》っている者がいないか、気になる。沢山の人の中にいるのにかつてないほど心細い。

人波の中、不安に溺れそうになった常盤は二人の子を左右の膝に置き、牛若をしかと抱いて、ここにはいない義朝を、母を思い返す。そして、涙しながら――ただ一つをひたすら祈った。

――三人の子の命をお助け下さい！

乙若が寒いと訴えると、幼子たちに、己の衣の端をかけてやる。

明け方。

目を泣き腫らし、髪を乱した常盤は導師の坊を訪ねている。老僧は常盤たちを憐れみ、湯漬けを出してくれたが、食欲はない。子供らにだけ食べさせた。

老僧は温かい目を細め、

「……平氏の探索があっても、匿《かくま》おう。ここにしばらく隠れておられよ」

降りかかる災いを覚悟して言うも、常盤は頭《かぶり》を振る。

「お気持ち嬉しゅうございます。ですが……ここは六波羅に近すぎます」

「たしかに……」

「大和の国へ、参ります」

かくして常盤は泣き疲れたような顔で清水寺を出た。

京の冬は、長く、春がおとずれても、冷たい揺り戻しを起す。

折悪く今日がそれだった……。

桜の開花が目前に迫った頃なのに、比叡山の方から途轍《とてつ》もない寒風が吹き込んでいる。

平治物語は、云《い》う。

頃《ころ》は二月十日の曙《あけぼの》なれば、余寒なほ烈《はげ》しく、音羽川《おとわがわ》の流れも凍りつつ、嶺《みね》の嵐も冴《さ》え返り、道の氷《つらら》も溶け遣《や》らず。また搔き曇り降る雪に、行くべき方も見えざりけり。

寒風吹きすさび、大雪が降りしきる中、歯を食いしばり、常盤と子供たちはふるえながら行く。寂しい鳥辺野《とりべの》を下る坂道だが道が定かでないほど雪が積もっている。

泣きべそをかく乙若を片手で引き、すやすや眠る牛若をもう片手で抱き、今若は独行させた。と――一人で歩いていた今若が蹲《うずくま》り、涎《よだれ》を垂らし、唸《うな》るように泣き出した。

常盤は髪と肩に白雪を載せた息子の脇に立つと、白い息を吐いて驚いた。

今若は草履をはいていなかった。小さな裸足《はだし》は、氷で切れて、出血し、赤黒く腫れ上がっている。

「履物は、如何《いかが》した？　何処へ？」

今若は答えず――顔を真っ赤にして、声を嚙み殺し、泣いていた。

乙若が消え入りそうな声で、

「昨日、吾の草履が千切《ちぎ》れたの。清水坂で。兄者が……草履をかしてくれたの」

伯父《おじ》は匿ってくれるだろうか、何と話そうか、追い返されたらどうしよう、様々な考えで頭がいっぱいになっていた常盤は殴られたような気がした。

――そんなことにも……気づいてやれなかったの……？

常盤は、今若の頭にかぶった雪と氷の欠片《かけら》を払ってやる。

「今若。よう頑張ったな。偉いぞ。ここから先は母の草履を履いてゆけ」

草履を脱いで渡そうとした。

ここは鳥辺野、死者の野。京師《けいし》を代表する三昧場《さんまいば》である。

周りを見渡しても死人を埋めた土饅頭《どまんじゅう》や、五輪塔が雪をかぶり、板切れの卒塔婆《そとば》や節くれだった雑木が雪混りの寒風に身もだえしているばかり。店など、一つもない。

「嫌じゃ!」

足から血を流した子供は——泣きながら拒絶した。

「母者が凍えよう。嫌じゃっ」

凍えそうな常盤の顔が、ひどくふるえる。

「それに、母者の草履は大きすぎるっ」

少年は歯を食いしばった。強情そうな処が信西や清盛と戦う決断をした時の義朝に似ていた。

常盤は胸が張り裂けそうになるのを抑えて、

「大人だから大丈夫なのよ。観音様に欠かさず月詣でして大人になった人は足が凍えないの」

今若は目を丸《まろ》げて、

「……本当に……?」

素直な今若は常盤の言葉を信じて大きな草履を履いてくれた。

雪が荒れ狂う中、また、歩き出す。雪の冷たさが裸足には応え、常盤は歯を食いしばる。

と、すぐに、乙若が履いていた草履が千切れ、やわらかい裸足が冷たい雪を踏み、棒立ちになって泣き出した。

「もう歩きたくないっ。母上。歩きたくないっ！」

この子は体が小さく気も弱く、牛若がいなければ掻き抱いて旅したろう。

乙若を叱ろうとした時、今度は、大人の草履で歩きにくそうに白く冷たい坂道を下っていた今若が、派手に転び、したたかに尻と背、肘を打っている。

今若が堤が切れたように涙した。滅多に泣かぬ今若は、泣き出すと抑えがきかなくなる時がある。

雪の中を転げまわり、坂道を掻き毟《むし》るように叩いて、面貌を真っ赤にして叫んだ。

「寒い！　冷たい！　痛い！　屋敷にもどりたい！　大和へなんか行きたくないっ」

兄二人の号泣に触発されたか、常盤の腕の中で牛若までが、大声で、泣き叫ぶ。

「泣くな。怪しまれるっ」

言い聞かすも子供らの号泣は止らない。

強い風が吹き、ほとんど吹雪《ふぶき》となる。

常盤は冷酷な雪を降らす灰色の天を睨み、

……貴方、早く迎えを……。

愕然《がくぜん》とした。

あの人は、もう、いない。この世にっ——。

わかっていたはずのことが、雪崩《なだれ》となって、胸に落ちてきた。何処か現実味がなかった義朝の死が、恐ろしい重みをもって感じられた。

常盤の体は一気にがくんと頽《くずお》れそうになる。

……あの人がもう傍にいないこと、もう決して今生で会えぬことが、こんなにも辛《つら》く、悲しいとは……。

子供たちが号泣する傍で、澄明なる雫《しずく》をかんばせにこぼすも、泣き崩れるわけにはいかない。

激しく身震いしながら吹雪が押し寄せて来る方にまわって子供の盾になった。

辺りに人がいないのを見計らい、低い声で、

「どうして、お前たちは道理を知らぬのか？　ここは、六波羅の傍。泣けば怪しまれ、左馬頭が子とて捕らわれ、首を斬られる。命惜しくば——泣くなっ。よいか。ここに父上がいると思いなさい。……父上がいても泣くか？……弓取りの子らしき処を見せるのではなかったのか？　お前は、八つでしょう？　六つでしょう？　どうして、これほど簡単なことがわからぬ？」

白い息を吐きながら諭している。

牛若は泣き疲れたか、大人しくなり、今若は母の言葉を聞くと起き上がり、涙はこぼすも声は殺した。まだ泣いている乙若を今若が励ますようにさすりはじめる。

常盤は、雪をはこぶ寒風を背に受けながら、短刀を出す。

牛若を左手で抱き、かじかんだ右手で小袖を切りはじめた。

その間、清水寺の方から降りてきた、竹網代笠《たけあじろがさ》の屈強な男二人が、心配したのか、声をかけてきたが、いかなる心根の者かわからぬと疑い、生返事をしてやり過ごす。

「何をしているの、母者」

今若の問いに、

「すぐにわかるわ。……さあ、出来たっ。よし、これでもう痛くないわよ」

大きすぎる草履で激しく転んだ今若の血だらけの足を、小袖の切れ端で丁寧につつむ。さらに牛若を腰の所でかかえて、何とか両手をつかい、小袖の切れ端で乙若が履いていた今若の草履も直した。

布で足をつつんだ今若が雪と涙で濡れた顔を拭って歩き出す。牛若を抱いた常盤は兄の草履を履き、まだべそをかいている乙若の手を引き、時には叱り、時には励ましながら、足をすすめた。常盤の足は今若から返された草履をはいている。

凍えそうになりながら白く長い坂を転ばぬよう慎重に降りる。

眼前に、並の公家屋敷の二、三倍は高く、数倍長く、築地塀《ついじべい》をめぐらしたあまりにも巨大な館が現れた。

――六波羅。

塀の先、辺りを圧する威風堂々たる黒松の一つから、白煙を立てて、一塊の雪がすべり落ちている。

黒松どもを見上げた今若が、

「これか……敵の館は……」

「それ也」

常盤は泣きながら答えた。

平家の本拠地、六波羅は、雪に降り込められ、静まり返っている。

今若が乙若に囁く。

「乙若殿。もう泣くべからず。兄も、もう泣かん」

常盤たちは六波羅南門で左にまがり、大和へ向かう街道に出た。

入相《いりあい》の鐘が聞こえる頃、春の雪が静かに降りつづける伏見《ふしみ》の里に着く。

その頃にはもう常盤と乙若の草履も、雪で鼻緒が千切れ、雪中の石で穴が開き、今若の足をつつむ布も氷で切れて、血に染まっている。

雪原のようになった田畑の向うで、屋根を白くした民屋が肩を寄せ合い、柴木《しばき》を焚《た》く煙を立てていた。

「今日は此処《ここ》までじゃ」

常盤は低い木の下でよろめく。

「宿を……請わぬの？」

今若は、蒼褪《あおざ》めた顔をぶるぶるふるわす。乙若は、いつしか泣き止み、生気がない顔に鼻水を流しっぱなしにしていた。

伏見山の麓——煙を立てる民屋を眺める常盤。あの家は六波羅の家人の家でないか、この家は悪党の住いでないかという不安が首をもたげ、宿を借りに行く勇気が、湧かない。

伏見山で野宿すれば雪に命を奪われる。仮に凍死しなくても、この山には、追剥、人を喰《く》う野犬の群れが出るという噂が、漂っていた。

このままでは子供が凍え死ぬ、だが、安心できる者でなければ危ない、と思いあぐねていた時だ。

寒風が吹きすさび、雪がどっと体にぶつかってきて、子供たちはぶるぶるふるえながら悲鳴を上げている。牛若が大口を開けて叫ぶ。三人が吐く息の白さが、痛々しい。

――子供たちが、死んでしまうっ。もう、どんな人でもいい。一番近い家に行こう！

意を決した常盤は、もっとも近い小家《こいえ》に凍えそうになった童らをつれ駆け寄る。

明りは漏れているから人はいるようだ――。

「もうし、もうし！　宿申さん！　宿申さんっ」

必死に竹の編戸を叩くと戸が少し開き、痩せた老女が胡乱気《うろんげ》に顔を出した。

「幼い人々をつれ、こんな雪の中、何処《いずこ》へ向かわれる？」

「夫が……浮気性で……愛想を尽かし、里へもどろうと子供たちをつれて出てきたのです」

怪しまれぬよう、何とか明るい様子で、話したが、面《おもて》は引き攣《つ》っていた。浮気されたなら暗い顔がふつうだろうと思うも、もうおそい。

「雪にも降られて道に迷ってしまい……」

老女はしばし口を閉ざし常盤たちの様子を窺っていた。今若が、かじかんだ手をこすり合わす。

やがて竹の編戸が大きく開き、

「……お入り」

安堵《あんど》する常盤の横で、子供らの顔が輝く。

今若と乙若は体についた雪も落とさず、囲炉裏の火に飛んで行った。

「あったかいっ！　何て、あったかいんだっ」

「うんっ、あったかい！」

雪を払い頭を下げた常盤に細面の老女は、

「然《しか》るべき御方の北の方でらっしゃるのでしょう？」

「………」

「わかります」

子供たちは家に入ってしまったが、常盤はぎょっとして立ち止る。

囲炉裏の火に後ろから照らされたほっそりした老女は、

「この伏見の里は都に何かある度に、負けて、逃げて、遠くへ走ろうとするお人を、お泊めしてきたの。それがこの里の習い。喜んでお匿いしましょう」

老女は、穏やかな微笑みを、浮かべた。百姓の媼《おうな》であるが、それは気高い笑みに思えた。

「勝った、負けた。貴い、卑しい。同じ……女でしょう？　むさ苦しい所ですが、さあ、お入りなされ」

老女はあたらしい菅筵《すがむしろ》を出して炉端にしいている。そこに、常盤たちを座らせ、柴をどんどん炉に入れて、火を大きくしてくれた。喜んだ今若と乙若が、おおおと叫ぶ。

蕪《かぶ》の入った粥《かゆ》、熱々の餅、田螺《たにし》を酢と味噌《みそ》で和えたものを、振る舞ってくれた。

常盤が京で食べていたご馳走《ちそう》にくらべれば遥《はる》かに粗末な夕餉《ゆうげ》だったが、この家の精いっぱいの饗《もてなし》とわかった。

沸き上がる嬉しさで胸が熱く塞がり――どうしても匙《さじ》を動かせない。

「お前たち、みんなお食べ」

子供らに自分の分をあたえている。今若、乙若は勢いよく、食う。

すると牛若が常盤の腕の中で一気に泣き出した。

「おう、おう、忘れておってすまぬ。そなたにも夕餉をあたえねば」

常盤は牛若に乳をふくませる。牛若は夢中になって、常盤の乳を吸った。

それを見た、老女は、

「わしの分を、貴女がお食べ」

粥が入った椀が常盤の前に置かれる。

僅かな蕪が浮いた白く丸い水面が、僧が説く極楽というものより、ありがたいように思えた。

常盤は粥の椀を返し、声をふるわして、

「貴女にお会いできたのは、観音様のお計らいのような気がします。お気持ちだけで、胸がいっぱいなの。……食べられないのです」


夜更け。

歩み疲れた乙若は常盤の傍で鼾《いびき》をかいて寝ていた。牛若も、すやすや寝息を立てていた。

常盤は壁面が少し崩れ、内側の竹小舞《たけこまい》が覗き、冷たい隙間風が吹き込んでくる壁に向かって、考え事をしている。

と、今若が、

「母者」

囁きかけてきた。黙していると、

「我が死ねば……母者はどうなる?」

常盤は今若にそっと向き直り顔の形をしたぼんやりした影に指でふれる。静かに、

「今若、乙若、牛若。お前たちがわたしの生き甲斐。先立たれては……一日も耐えられぬ。きっともろともに、死ぬでしょう」

今若は常盤の顔に顔をこすりつけてくる。そして、嚙みしめるように言った。

「なら……怖くない」

「………」

「あの世に行っても、少しも怖くない。母者が傍にいてくれるんだから」

外気は冷たいが、煮立った粥の如く胸が熱くなる。常盤は今若をきつく抱きしめている。二人は、声を殺して、泣いた。

翌日も雪は深々と降りつづけ、田畑や街道、畦道《あぜみち》をなだらかな白さの中に覆い隠した。百姓家の萱葺《かやぶき》屋根も武士が住むと思われる大きな家の板葺屋根も、白く儚《はかな》い冠をかぶっていた。

こんもりと小高くなっているのは、イバラだろうか、道端の地蔵だろうか。

外を一目見た老女は穏やかな面差しで、

「今日は一日、幼い方々の御足《みあし》をやすませなさい。雪が晴れたら、お発《た》ちなされ」

老女の情けに絡め取られた常盤はその日も伏見に泊った。

翌早朝、雪が止んでいる。常盤は子供たちを早々に起し暇乞いした。

痩せた老女は、外まで見送りに出てきた。

「どのような御方なのか存じませぬが、都近きこの里に、長くお泊めすることも叶《かな》いませぬ。……今日はもう留めますまい。貴女が何方《どなた》か知らぬのに、いや、知らぬから……でしょうか？　つまらぬお気遣いをしました。どうか、ご無事で……。また、いつの日か、お訪ね候え」

常盤と上の二人の子は老女がととのえてくれた真あたらしい草鞋《わらじ》をはいていた。

牛若の産着が寒そうだと言った老女は、ススキの穂をたっぷり入れた産着をつくってくれた。

牛若は今、粗末だが温かい産着にくるまれ、真っ赤な顔で目を糸のように細くして、満悦気に笑っている。

常盤は白息を吐いて、

「前世の親子でなければ、かかる契りがあるように思えませぬ。生きている限り今の気持ち……忘れませぬ」

京に置いてきた病気の母を思い出す。自分を置いて行けと、言った母を。

——常盤と老女は、涙を流し合って、わかれた。

雪をさくさく踏んで、南へ歩む。常盤たちは幾度も振り返る。老女は豆ほどに小さくなってもまだ手を振っていた。

途中、宇治《うじ》をすぎた所で、大和へもどるという、よれよれの衣を着た馬借の翁《おきな》に声をかけられた。方角が同じとわかるといかにも剽軽者《ひょうきんもの》のこの翁は、子供が乗るのにちょうどよい二頭の小型馬に、今若と乙若を、乗せてくれた。

ここでも常盤たちは、名もなき者の親切に救われている。そうした助けを次々に得られたのは子供たちの不憫《ふびん》さと常盤の人柄に因ったろう。

常盤は四日かけて大和の国、龍門にたどり着いた。

山を背負った伯父の家をたずねて、

「子供の命を助けたくて……この家をただ一つの頼みに、迷いながら来ました。どうかお救い下さい」

伯父は、家族、縁者をあつめ、話し合った。平家の世を憚り、反対する意見も出たが、最後には伯父が、

「遥々《はるばる》とここまで訪ねて来てくれた志を裏切るのが、不憫じゃ」

密《ひそ》かに匿ってくれた。

一方、常盤が伏見を出た日、老母がのこされた京の家に、六波羅の侍どもが雪崩れ込んでいた。清盛は先に捕えた頼朝を斬ろうとしたが、義理の母、池禅尼《いけのぜんに》の強い介入により、撤回、頼朝を

伊豆《いず》に流すと決した。代りに義朝の他の子は根絶やしにせよと、厳命した。

厳《いか》つい男ども、面に傷がある荒武者どもが、老母を睨みつけ、

「――義朝の子らがおろう？」

「存じませぬ」

武者どもには目もくれず答えた。

老母の答をつたえ聞いた清盛は怒りの炎を燃やし、

「どうして知らぬことがあろう！　召し捕って問えっ」

病気がちの老母は伊藤武者景綱《いとうむしゃかげつな》率いる侍どもに引っ立てられた。

清盛を前にして、

「九日の夜、幼い人々を引き具し、何処かへ出て行ったようです。それ以上のことは、知りませぬ。今何処にいるかも……。どうか、お助け下され」

憔悴した老母が声をふるわせると、清盛は、

「――嘘じゃ！　命を限りに問え」

老母は、拷問に、かけられた。


血生臭い噂は――龍門の里まで漂っている。

子供を守るため病める母を置き去りにした常盤は激しい悔いに襲われた。

――このままでは母上が殺される。母上が捕らわれたのなら、伯父の許にも捕吏が。わたしたた

ちを匿った罪で伯父やその家族も厳しい咎《とが》めを受ける。場合によっては……斬られるやもしれぬ。

伯父は寛大な態度でいたわってくれたが、家人の一部は刺々《とげとげ》しい視線で突き刺してきた。

その者たちの暗い眼光は日に日に鋭くなっている。

逃げても闇路《やみじ》に迷い、隠れても滅ぶばかり。

……もはや、逃げ隠れ出来ぬ。

常盤は心を決めた。

その夜、子供らと火鉢をかこんだ常盤は狩人に追い詰められた親鳥の如き目で、三人をじっと見詰め、

「これ以上逃げ隠れしていると都で捕らわれたお祖母様《ばあ》は責め殺されてしまうでしょう。また、匿って下さった方々に害がおよぶ。わたしたちが生きようとすると、周りの方々が死んでいく……。それは、母にとって、耐え難きことなのじゃ」

「…………」

今若も乙若も真剣に話を聞いている。牛若は、指をしゃぶりながら、丸く澄んだ目で無心に常盤を見上げていた。この子は全てを知っている。そう思わせる目だった。

「皆で、極楽浄土に行く覚悟を固め、六波羅に出頭しようと思う。せめてお祖母様を救いたい」

今若は肩をふるわしてうつむく。いかにもおっとりした乙若は、細首をかしげた。

「極楽浄土は……どんな所ですか？」

「……そうね。一年中、美しい花が咲き乱れ、花の雨が降りつづけ、いつも良い香りがするのよ。

とてもとても、楽しい所なの」

乙若は安堵したように微笑み、

「なら、怖くありませぬ。喜んで参ります」

今若の肩が一層激しくふるえる。強い感情で胸を突かれた常盤は牛若を傍に置き、今若と乙若をきつく抱きしめている。

覚悟を固めた常盤の頬を一粒の美しい珠玉が流れた。


翌日。常盤は伯父に、暇乞いした。子供たちをつれ、京へ上った。


白い細片がみずみずしい光をふくんだ風に攫《さら》われて、庭で小刻みにふるえる笹の上に舞い降り、土に滑り落ちる。

満開に咲いた桜の花が風でこぼれていた。

先々帝の妃である女院、藤原呈子は、神々しい桜を背に広縁に座る、やつれ切った親子を眺めていた。

赤子をかかえた女と二人の幼子である。常盤たちだった。

常盤は六波羅に行く前に以前仕えた女院に別れの挨拶におとずれたのだ。

知的な麗しさをたたえた女院は、変わり果てた常盤を見て驚き、悲しんだ。

彼女が知る常盤は――欲が無いのに、どの雑仕女より一生懸命。清らで、飾り気がないのに、誰よりも美しい。困っている者にすぐ手を差しのべる……素朴な温かさに満ちた娘だった。

上辺の美しさだけでは、義朝ほどの男に、寵愛《ちょうあい》されまい。

その常盤が止むをえぬ成り行きとはいえ、ほとんど見捨てられたような有様で都に残され、たった幾日かで、すり減り、傷つき、打ちひしがれた様子なのが何よりも気の毒だ。

女院はこの時、常盤に、次のような言葉をかけたと伝わる。


「最後の出で立ち、自らせん（そなたの最後の装い、わたくし自ら、ほどこす）」


常盤たちに湯殿をつかわせるよう下知した女院は女房たちをつれて衣裳《いしょう》部屋に入る。

きらびやかな美服が入った長持をありのたけ並べさせ、

「この中から常盤に合うもっとも美しい装束をさがせ！　子供たちの装束もととのえよ」

刀を思わせる眼光を迸《ほとばし》らせた。

——天女のように常盤を飾る。清盛殿を……誑《たぶら》かす。その術《すべ》でしか、あの者どもを救えぬ。

女院の面持ちは、硬い。

……だが、それは……すてさせることになる。

義朝への操を。

侍女たちが死に物狂いでえらんだのは華やかな窠紋《かもん》（瓜の輪切りを図案化した紋）が紅蓮《ぐれん》と、白、二色で、ふれれば溶けそうな桜色の綾にちりばめられた豪奢な袿。

紅《くれない》の地に金銀の花喰鳥《はなくいどり》が配された単。

などである。

湯屋で磨かれた常盤はこれらの装束を着せられた上、女院自らの手で、化粧をほどこされた。

――呈子は天下に名高い化粧の名手だ。

常盤は……漢の李夫人、唐の楊貴妃を超えるほどに、麗しくなっている。この世ならぬ天女が舞い降りたかのようだった。

「別の人のよう……」

呟《つぶや》いた乙若も、今若も、女房たちの手で、美々しく着飾っていた。牛若は真新しい春用の産着につつまれていた。伏見の女がつくってくれた冬用の産着を常盤は大切につかっていたが、それは清盛の目にふれさせるにはあまりにも粗末だったのである。常盤は白木の箱をもらい感謝の詰まった伏見の産着をしまった。

女院は牛車までかして常盤らを伊藤景綱の許へ送っている。

捕らわれて、げっそり痩せた母に再会するや、

「何ゆえ……もどってきた！　わしは老いておる。もう長くない。幼い者たちの身代わりになろうと思っておったのに」

痛めつけられた老女は、それでもなお声をふるわせ常盤を怒った。

「ああ……何でもどって参ったか……」

「御免なさい、母上。母上を置いて都を出たことが、どうしても……心残りで」

「いいんだよ。良いのにっ」

母は面貌を歪めて、骨と皮だけになった肩をふるわした。


翌日、常盤と子供たちは——平清盛の前に引き出された。

いざや、名高き常盤が姿見ん。

平家一門の重鎮たち、美々しき公達《きんだち》、名だたる侍どもが、一斉に六波羅にあつまる。


庭に筵が敷かれている。

筵から左右にはなれた所に、一騎当千の侍大将やその郎党どもが、蟻《あり》の這《は》い出る隙間もないほどずらりと並んでいた。清盛は庭を見下ろす広縁にぬっと立っていた。その左右には弟たち、息子たち、公達、昵懇《じっこん》の公卿《くぎょう》が、勢揃《せいぞろ》いしていた。みすぼらしく落ちぶれた常盤とやらを一目見てやろうという意地悪い女性《にょしょう》たちもいる。

仁王立ちする清盛、横から睨んでくる凄まじい荒武者ども、挑発的な貴婦人たち、庭に引き出される常盤から見れば、閻魔《えんま》大王の廟堂《びょうどう》にひとしかろう。

清盛は地獄の頂に立つ男のような暗い殺気の雲をまとっている。

やがて伊藤景綱と若党どもが赤子をかかえた常盤と老母、二人の小さな子を引っ立ててきた。

みすぼらしく打ちひしがれていると思われた常盤たちは、美々しく着飾っており、裁きの場の人々を驚かせた。

常盤が地上に舞い降りた天女のように筵に腰を下ろす。老母と子供も、座した。

常盤の一挙手一投足を見守る平家の人々から、一斉に、おお、という声なき感嘆が漏れる。

座った姿から鳥肌が立つような麗しさが匂い立ったのだ。

それは花咲く樹の一つもない山の中、ただ一本だけ満開を謳歌する桜を思わせる美であった。

これほど美しい女が何故生れたのだろうと、男も女も一瞬立ち止って考えてしまうほどの神々しい美の結晶であった。

にぎやかな京、春のうららかな陽《ひ》に照らされた六波羅の辺りだけ──森と静まり返っている。

何故か顔を赤らめた清盛は鼻と口をこする。

かすかに、上ずった声で、

「この間、何処におった?」

「義朝の子は皆討たれると思い、都の傍に……隠れておりました。罪なき母の命がうしなわれると知り、罷《まか》り出た次第です」

露に濡れた白き芙蓉《ふよう》の哀れが、涙を浮かべた常盤にはあった。が、凛《りん》とした態度で、

「清盛様、子供たちが斬られたら、わたしは生きている甲斐がございません。幼い者どもをお斬りになるなら、まず、わたしをお斬り下さいませっ!」

艶やかな黒髪をふるわしてすっと頭《ず》を下げた。

──一欠片の恐れも漂っていない。否、恐れはあるのかもしれぬが、表に出ていない。

「…………」

堂々たる態度に、清盛は固まっていた。

常盤には、清盛がかすかに迷いはじめたように見える。

老母が顔を土にこすりつけている。身をよじらせて、泣きながら、

「孫と娘を一時にうしない、何で生きてゆけましょう？　この尼からお斬り下さいませっ」

と、今若が、

「方々、泣きながら申しても、つたわらぬ。泣かずに言いなされ！」

――ぴしゃりと一喝した。

平家の武者どもから深い溜息《ためいき》が漏れる。

――さすが、義朝の子よ……。

清盛は、上唇を舌でゆっくり舐《な》めていた。凄まじい眼火が燃えるのを、常盤は、見逃がさない。

――末恐ろしい……三人の子を余さず斬れ！

清盛の心の声が聞こえた気がする。

直感した刹那、

「東国にはっ――」

強い声が、迸っている。

女院は、常盤に、

『もし清盛殿が、三人の子を斬るつもりじゃと思うたら、その命が出る一息前にこう申せ。ただ、この言葉……吉と出るか、凶と出るか、わからぬぞ。必ず斬られると思うた時にしか言うてはならぬ』

と、おしえられていた言葉が、あった。

その言葉を口にするのは、今しかない。

「坂東には頭殿の御家人衆が幾千幾万人もおりまする！」

六波羅は静まり返り、何百人もの平家は一つの耳となり、常盤の次なる言葉をまった。

常盤は涙に濡れた瞳で清盛を真っ直《まっす》ぐに見詰め、物怖《ものお》じせずに言った。

「――一騎当千の者どもにございます。もし、頼朝殿のように、我が三人の子に御慈悲をかけて下さいますなら……東国の者どもは、清盛様の広い御心に心服し、ひたむきなるご奉公に励むことでしょう」

「…………」

真っ赤になった大きな額に幾本もの太い血管を隆起させた清盛は黙り込んだ。扇を出し、怒ったように、頬に当てる。

女院が忍び込ませた「頼朝殿のように」という言葉。天下に寛大さをしめす名目で頼朝を許しておきながら……頼朝より幼い子を斬っては、道理が通らない。たった一つの言葉だが三人の男子を抹殺せんとする清盛の、論理的な弱さを突く言葉なのだ。

常盤は今度は、自分の言葉で、

「どうか……ご慈悲をっ」

三人の子に視線を動かした常盤は一瞬で凜とした仮面を崩した。涙をこぼし、声をふるわし、

「それが叶いませぬなら――わたしからお斬り下さいませ」

子を思う常盤の姿に打たれた平家の荒武者ども、女どもから、溜息が漏れた。


なかなか裁きが下らぬため、人々の視線が常盤から清盛に動いていた。

数十万の兵を動かす覇者は、懊悩《おうのう》していた。

清盛はかすれ気味の声で、

「謀反人と一味の者は全て厳罰に処せ……というのが、勅諚《ちょくじょう》」

「…………」

咎めるような数知れぬ視線が、清盛を全方位から、刺した。身内の視線である。

清盛は苦しげに、

「されど、わしとて……情けがない訳ではない。追って、沙汰、致す。今日は景綱が所へもどれ」

女院の罠《わな》に――清盛がかかった瞬間だった。

常盤は驚き黒瞳《こくどう》を広げている。子供らは殺される、自分も後を追って死のうと、心を固めていた。何かがくつがえされた。しかし、それが何を意味するのか――わからなかった。

翌日、清盛から常盤に文がとどいた。

手紙を読むや――蛾眉《がび》が、一気に険しくなった。白き面から深い憂いがにじむ。

「如何した」

老母が文を覗く。

手紙には常盤を妾として所望すると書かれ、末尾に、

三人の幼い者どもを助け置くべし。従はずは、眼《め》の前にて失ふべし。

と、しるされていた。

常盤は返事を書くことがどうしても出来ない。顔は蒼褪め、唇はふるえ、背中に鳥肌が立っていた。

清盛は義朝を死に追い込んだ張本である。

その清盛が、妾になれば、家族の命は助けてやると言ってきた。そうする他、今若、乙若、牛若を救えぬ。三人の子の命がつながることはこの上ない望み。だが、それは、義朝を裏切る行いでもあった。

唇から血の気を無くした常盤は突っ伏し肩をわななかせている。

母が、背をさする。しぼり出すように、

「……苦しいな。じゃが……子供たちのためじゃ。わしのことはよい。子供たちを救ってくれぬか？　常盤」

常盤は長いこと動かなかった。

やがて目をつむった常盤は深く息を吸いながらゆっくり身を起す。いま一度息を吸う。

常盤の眼が、開いた。

その時、老母には娘が別の人になってしまったように見えた。

決然たる意志が、天女を思わせるかんばせにやどっていたのだ。

白い手が筆を取る。


常盤は、清盛の側女となった。

三人の子と母は救われた。


平治の乱で源義朝を完膚なきまでに打ち破った平清盛は、未曾有《みぞう》の権力を手に入れた。かくして平家の全盛時代が到来する。

だが、諸国の源氏の胸には、平家への不満が燻《くすぶ》りつづけていた。

歌う老将

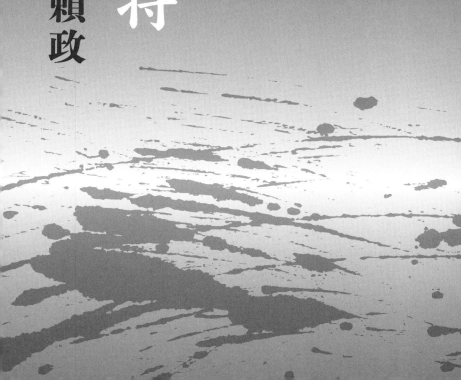

――源頼政

「庭の橘の木に揚羽蝶の赤子が取りついておったのじゃ。はて……このままでは大切にしておる橘の木が食われてしまう。どうしたものかと思うておると、今朝はいない。朝露に濡《ぬ》れた橘に大きな蟷螂《かまきり》がおっての。その蟷螂が、食ってしまったものと思われる。その蟷螂を眺めておると蟷螂によく似たそなたが参った。興趣を覚えたぞ、源三位《げんざんみ》入道よ」

この以仁王《もちひとおう》の一言で——源三位入道、こと源《みなもとのよりまさ》頼政は王もまた同じ気持ちであると知った。

……揚羽蝶は平家の紋。王はわしに、平家を討てと仰せなのじゃ。わしも全く同じ相談で参った。

頼政は蟷螂に似たほっそりした老人で常に飄々としている。ここ数年、武張ったことから遠ざかり官位の上昇にひたすら心をくばり、「すき」の道にのめり込んできた。頼政の頃の「すき」の道とは和歌の道である。

精進を重ねた頼政の和歌は高名な歌人からも大いに評価されるほどだ。

武士をやめて、歌詠みの公家《くげ》になりたいのでないか？　源三位入道は。

斯様《かよう》な噂《うわさ》が漂うのも無理からぬものがある。

むろん、好きという気持ちだけではじめた和歌ではない。多少は好きであった和歌に一心不乱に打ち込んだのは、平家が権勢をふるう世を生き延びるために——武士の牙を隠そうとしたからだ。いわば仮面としてかぶった歌詠みの顔が、真に好きになり、皺《しわ》深き面《おもて》から取れなくなった。

——今日は仮面を取りにきた。

治承《じしょう》四年（一一八〇）四月、以仁王の館をおとずれた老武士、頼政は痩せ衰えた体に似合わぬ不穏な大計画、平家打倒の秘計を胸に秘めていた。

以仁王には平家を討つ理由が十分にあろう。

後白河《ごしらかわ》院の子である以仁王は英邁の誉れ高く君主の器在りと評されてきたが、平家の剛腕で帝位から遠ざけられてきた過去がある。

平清盛《たいらのきよもり》は以仁王ではなく平家と縁続きの高倉《たかくら》天皇（父は後白河院、母は平滋子《しげこ》）を帝位につけたのである。今年の二月、高倉天皇は帝位から退かれたが、清盛があらたな帝に据えたのは高倉天皇と清盛の娘、徳子《とくこ》の間に生れた僅か三歳の童であった。後に安徳《あんとく》天皇と呼ばれる少年だ。

幼帝の出現は——次の帝に僅かな望みをつないでいた以仁王を、絶望に突き落とした。

さらに去年、清盛は、打倒平家の謀《はかりごと》をめぐらしていた以仁王の父、後白河院を幽閉。法皇を外との連絡が一切取れない状況に押し込めている。追い打ちをかけるように清盛は、以仁王から所領まで奪い取った。

帝位から遠ざけられた恨み、父の監禁、領地の没収による困窮。以仁王には清盛を討つに足る理由がずらりと揃っていた。

頼政は、どうか？

……わしは清盛の忠実な協力者の如《ごと》く思われておる。

二十一年前——同じ源氏の義朝《よしとも》が、平清盛に敗れた。

平治の乱である。

河内《かわち》源氏の義朝と摂津《せっつ》源氏の頼政、どちらが清和源氏の嫡流かと言えば頼政であろう。

頼政の先祖は鬼退治で有名な源頼光《らいこう》である。

だが、摂津は武士が十分に葉を茂らせるには、向かぬ土地だった。古《いにしえ》から栄えたこの地には公家や大寺社の荘園がひしめき合っていて、武士はそれら荘園の隙間を縫って発達せねばならなかった。一方、商業も盛んで、下からは商人の突き上げを食らっている。七十七歳になる頼政が動員できる兵力はたった二、三百人にすぎない。

摂津源氏が畿内で四苦八苦している間に、源頼義《よりよし》、八幡太郎義家《はちまんたろうよしいえ》とつづいた河内源氏は、未開の原野が広がる東国で逞《たくま》しい幹と夥《おびただ》しい葉を茂らせた。

常陸《ひたち》の佐竹《さたけ》、甲斐《かい》の武田《たけだ》、さらには小笠原《おがさわら》といった名だたる大名は、全て河内源氏から出た家なのだ。

だが、源氏の正統は我らぞという意識が頼政たちにはあるため、摂津源氏は河内源氏の発展を複雑な思いで眺めてきた。

一方、清盛率いる平家は伊勢《いせ》と瀬戸内《せとうち》で、巨大な勢力を打ち立てた。

源義朝と平清盛、二大勢力がぶつかった時、小勢力を苦心して守る頼政には、強きに与するという選択肢しかなかった。

だから頼政は——義朝が信西《しんぜい》を討つ時には手をかし、清盛が熊野《くまの》からもどると、平家と連絡を取り合い、頼政の行動を疑った義朝には、「一度平家に潜り込み、戦の当日、内側から寝返り突き崩す所存」と言い訳した。当日、優勢な方にまわろうという腹づもりだった。

蓋を開けてみれば、清盛の方が優勢であったため、同じ源氏の義朝をあっさり見捨て、平家軍としてはたらき、河内源氏の崩壊に一役かっている。

頼政の閾下《いきか》には河内源氏への対抗心がずっと流れていた。二十一年前の戦いの日には、心の暗がりから、その気持ちがどっと噴き出たのをよく覚えている。

義朝を討つと清盛は未曾有の権力と富を得、やがて太政大臣となり天下の政《まつりごと》を動かした。天《あめ》の下の過半を知行国とした平家一門は華美な暮しに溺れ、平家にあらずんば人に非ず、などと嘯《うそぶ》く輩まで現れたが、頼政一党は摂津の地にこぢんまり逼塞したままだった。

平家の門前には媚を売る公家の牛車がいつも並び、待機する従者のための物売りまで出ていたが、摂津源氏の門前は砂混りの辻風が吹くばかり。車など一台も見当たらない。

平家の者どもは宋《そう》渡りの金銀が眩い錦をまとい、侍にいたるまで派手好み新奇好みだったが、頼政一党は丹後《たんご》の絹から家内の女たちが仕立てた比較的地味な直垂《ひたたれ》をまとい、家来にいたっては古びた麻衣を着ている。

戦も知らぬ、公家の如く化粧した平家の公達どもが、扇で嘲笑を隠しながら、

「見よ……あの摂津源氏の者どもを。我ら一門と義朝めを天秤にかけ、入道相国《しょうこく》様のお情けにすがってどうにか生き延びたわけだが……武士の心を知らぬからだろうか、見事に風采が上がらぬではないか」

などと陰口を叩いているのを我慢強い頼政はしかと存じていた。

――同じ源氏の義朝なら我らをもっと厚遇してくれたのか？

と思わぬでもなかったが、じっと耐えて平家の栄華の下を生きてきたのは、平家一門の総帥、清盛が頼政に目をかけてくれたこと、清盛の長子でなかなかの人格者だった重盛《しげもり》が、『貴方の助太刀で我らは義朝に勝ったのでござる。頼政殿がおらねば、我ら平家の天下はなかった』

と、頼政たちを、立ててくれたからである。さらに、頼政は責任感の人である。一門の者を守らねばならぬという使命感も、平家への忍従の道を採らせた。

……じゃが、重盛殿は、去年亡くなった。平家の跡を継ぐは宗盛《むねもり》。

宗盛と倅《せがれ》の仲綱《なかつな》の間に起きた事件が――慎重な頼政に全く似合わぬ恐ろしい計画、打倒平家を決意させていた。

ことの起りはこうだ。

頼政の子、仲綱は、馬好きだった。

仲綱には「木の下《こ　した》」という愛馬が、いた。

平家物語に――、

鹿毛《かげ》なる馬の、ならびなき逸物《いちもつ》、乗りはしり心むき、又あるべしとも覚えず。

と、書かれている。

この馬の噂が、清盛の三男、宗盛の耳に入った。

宗盛は是非、木の下をかしてほしいと、仲綱に申し入れた。仲綱は宗盛のがめつさを知っていたから、かした馬が返ってこぬのを恐れた。

故に、その馬は今、都にいないと話している。

が、真面目で滅多に偽りなど申さぬ仲綱の下手な嘘《うそ》は、すぐに宗盛に、露見した。宗盛は執拗《しつよう》に、木の下をかせと、仲綱にもとめた。

仲綱は逆らい難く宗盛に駿馬《しゅんめ》をかす。

すると宗盛は――仲綱に「すまじき事」をした。

『あまりに仲綱めが惜しむゆえ……この馬まで憎らしゅうなったわ』

放言した宗盛は仲綱という焼き印を木の下に押させている。さらに、来客がある度に、

『その仲綱めに、鞍《くら》おいて引き出せ、仲綱め乗れ！　仲綱め打て！　張れ！（その仲綱に鞍を置いて引っ張り出せ、仲綱めに乗れ、仲綱を打て、殴れ）』

仲綱が大切にいつくしんできた馬を、散々に、痛めつけた。

木の下の一件は平家の下ではたらいてきた頼政、仲綱親子はもちろん、郎党どもの心を深く抉《えぐ》った。

彼らは名馬、木の下が打たれたという話を聞く度に――己の血肉が鞭《むち》打たれるような苦しみを覚えた。何度も何度も誇りを砕かれた気がした。

木の下の話を聞いた頼政は細面を恨みでどす黒くし、
『何事のあるべきと、思ひあなづッて、平家の人どもが、さやうのしれ事をいふにこそあんなれ。其儀ならば、いのちいきてもなにかせん。便宜をうかがふでこそあらめ（何も出来ぬだろうと、我ら摂津源氏を侮って、平家の者どもは左様の痴《し》れ事を申すのであろう。そうか……そういうことなら、もはや命などいらぬわ。機会を窺《うかが》うのみよ）』

公家を目指す武士、あるいは歌人という仮面をかぶってきた頼政も、宮中で鵺《ぬえ》という妖魔を射た話で知られる武勇の士だった。

……じゃが、いかに武芸を練っても、我が小人数《こにんず》の兵では十万を超す平家の大軍を討てぬわ。睨《にら》まれぬが肝要。日陰者で良いんじゃ。

その頼政の二十年越しの思いがたった一頭の馬、木の下により——俄《にわ》かに反転している。

以仁王の気持ちを確信した頼政は、死を覚悟して、
「宮様。平家の驕り、極まった感がござる」
「………」

二人の男は探り合うように、眼光を灯した。
「平家を憎む者は、天下に多《お》おうございます。諸国の源氏も御味方するはず。まず京都には、出《で》羽前司光信《わのぜんじみつのぶ》が子ども伊賀守光基《いがのかみみつもと》らがおりますし、熊野には故六条判官為義《ろくじょうのほうがんためよし》が末子、十郎義盛《じゅうろうよしもり》が隠れております。摂津には多田行綱《ただのゆきつな》がおりますが……この者は信用出来ませぬ。さりながら、行

綱の弟どもは信ずるに足る武人」

河内、大和、近江、濃尾《のうび》の源氏、甲斐《かい》源氏の猛者どもなどを挙げた頼政は強い声で、

「信濃《しなの》には大内惟義《おおうちこれよし》……故帯刀先生義賢《たてわきのせんじょうよしかた》が次男、木曾冠者義仲《きそかじゃよしなか》、伊豆国《いずのくに》には、流人、前右兵衛《さきのうひょうえの》佐頼朝《すけよりとも》、常陸には……佐竹一族が、陸奥《むつ》には、故左馬頭《さまのかみ》義朝が末子、九郎冠者義経《くろうかじゃよしつね》。

これ皆、六孫王《ろくそんおう》の苗裔《びょうえい》、多田新発満仲《ただのしんぼつまんじゅう》が後胤《こういん》にござる。かつて源氏と平家に勝劣などございませんでした。されど今は、源氏が泥としたら、平家は雲。源氏の武者どもは国には平家の国司にしたがい、庄には平氏の預所《あずかりどころ》にこきつかわれ、一日とて安らかにすごせませぬ。

君が一たび思い立たれ令旨《りょうじ》さえ発せられるなら、彼らは昼夜兼行、上洛し、平氏を討つでしょう。鳥羽殿《とばどの》に幽閉されている法皇様をお救いし、皇位につかれますよう。もし立ち上がられますなら、この頼政、老骨に鞭打ち、子供を引き具して御味方奉る所存」

……宮様に覇気がおありでないなら、我が一門はお終いじゃ。

老将は以仁王をじっと見詰めていた。

ずっと閉じ籠ってきた若き皇子は庭に向けた面を火照らせていた。血の煮立ちが、顔を朱に染めるのかもしれない。

「久しく……左様な言葉を言ってくれる武者《むさ》を、まっておった」

以仁王は頼政に視線をうつし、

「よしなにたのむぞ、頼政。そなたこそ頼みの綱じゃ」

ぎゅっと面貌を引きしめた老武士は、

「――蟷螂《とうろう》の斧かもしれませぬが、振るうてみたく存じます」

その昔、斉《せい》の荘公《そうこう》が猟に出た時、蟷螂《かまきり》が一匹、車輪に潰されそうになりながら、斧を振るって王の車と戦わんとした。虫に気づいた荘公は、

『おや……威勢のよい虫じゃ。何という虫か？』

御者は王に、

『はっ。蟷螂にございます。進むことしか知らず、退くを知らぬ虫にございます。身の程をわきまえずただただ敵に当るのです』

荘公は蟷螂の勇猛さに敬意を表し、わざと車を一度もどし、蟷螂を避けて猟に向かったという。

この時から、弱い者が身のほどを考えず大敵に猪突猛進することを、「蟷螂の斧」というのである。斯様な中国の故事を公家社会は好む。故に頼政は、暇さえあれば古書を開き故事を学んできた。和歌の道も、たとえば業平《なりひら》や和泉式部《いずみしきぶ》のように、激情を源とするのではなくて、理性的な動機から歩みはじめている。天才の直感ではなく秀才の積み重ねで、よい歌を詠めるようになってきた。

「いや。蟷螂は虫の中でもっとも強い。――見事、蝶を仕留めるであろうよ」

以仁王は言った。

この日から不遇の王は敷島の道をおそわると称し、歌詠む老将を幾度か館にまねいた。

――言葉通り、和歌をおそわっているのであろう、あるいは歌論など戦わせているのか。

以仁王も頼政も「すき」の道で名を馳《は》せた人だったから、平家を始め都人は一かけらも疑わなかったわけである。

慎重に密謀をめぐらした二人は紀州《きしゅう》熊野から——一人の男を呼び寄せている。

源義盛。

清盛に討たれた義朝の弟だ。

以仁王は、行家《ゆきいえ》と名を替えた義盛に、平家打倒の令旨をわたし、諸国の源氏にふれまわるよう命じた。

山伏に身をやつした源行家は四月二十八日に都を発ち、まず近江に入り、その地の源氏を説いてまわった。

近江の源氏たちの反応は……玉虫色であった。

平家に不満はあろうに、お味方するとも言わず、かといって行家に怒って平家に通報するでもない。考えておくと答える者が多かった。だが、近江源氏で一人、極めて前のめりの答をくれた男がいた。

山本《やまもと》冠者という人物である。

近江でかすかな希望を見た行家は、濃尾の源氏をまわった後、信濃に入り、木曾谷で大いなる手応えを得ている。

「行く。都に。おう、兼平《かねひら》、戦支度ぞっ」

話の途中で即答した——大男がいたのだ。

木曾冠者義仲。行家の甥である。

喜びを覚えた行家は五月十日、伊豆にたどり着き、北条時政《ほうじょうときまさ》なる男の屋敷に囚われたもう一人の甥、源頼朝と対面した。

いかにも思慮深そうな面構えをした頼朝は令旨の旨を知るや、深沈たる気をまとって瞑目《めいもく》し、長いこと一言も発しなかった。

痺れを切らした行家は、

「どうした頼朝。義仲がすぐ応じたのに、平家に父御を討たれたそなたが、何ゆえ黙っておる?」

頼朝は静かに目を開くと、

「長いこと……この日が来るのを待ちわびておったのでございます。お味方致します」

斯様に諸国で火種を蒔《ま》いて歩いた行家。

同じ頃——紀州で異変が起きていた。

行家は紀州を発つ前、仲間をあつめていたのだが、その仲間の口から、此度の話が外に漏れ、漏れた話が、熊野三山最大の実力者で清盛とも昵懇の熊野権別当・湛増《たんぞう》の耳に、とどいてしまったのだ……。

さすがに、湛増は速い。瞬く間に兵を動かし、芽生えかけた謀反を踏み散らし、此度の密謀の根に——以仁王がいる事実まで突き止めたのである。

即座に早馬が熊野から、都へ飛ぶ。

京をあずかる宗盛は慌てふためき、福原《ふくはら》にある清盛の山荘に「以仁王御謀反」が急報されている。

怒りを噴火させた清盛は——大軍を率いて上洛した。

五月十五日、清盛は源兼綱《かねつな》、出羽判官光長《でわのほうがんみつなが》を呼ぶや、

「以仁王が謀反を企てておるようじゃ。からめ捕って土佐《とさ》へ流せ！」

御意と答えつつ源兼綱は、

——はて。高倉宮《たかくらのみや》（以仁王）様の名は漏れたが……我が養父《ちち》が謀反の張本とは、清盛もまだ気づかぬと見えるな。

実は源兼綱、頼政の養子である。養父と共に平家への反乱を着々とすすめてきた兼綱が、その反乱の討伐を命じられたのである。

……もし気づいておったら、わしに命じなどすまいて。これは急ぎ、お知らせせせねば。

兼綱の知らせは頼政の家をどよめかせ、狼狽《うろた》えさせた。

和歌を詠もうと筆を手にしていた頼政は、短冊を畳に置き、静かな声で、

「狼狽えるな。我らの名が露見しなかっただけでも、ありがたいではないか。不幸中の幸いとせねばなるまいよ」

保元平治の乱を潜り抜け、平家の世をしぶとく生き延びてきた痩身の老将は落ち着き払った嗄《しゃが》れ声で、

「紙をもてい。一筆、したためる」

動揺しかかった一族郎党を見事に静めた頼政は以仁王への手紙を素早くしたためて密使を出すと、宗盛と因縁のある嫡男に、

「仲綱。明日屋敷を焼き払い、都から退散する。支度をたのむぞ」

初老の嫡男は朴訥とした人柄がにじむ顔を両手で叩き、深く息を吸うと、

「御意」

つづいて郎党、渡辺唱《わたなべとなう》に、

「唱。その方、三井寺《みいでら》に使いを出し、宮様が入られる旨つたえよ」

きびきびと指図した。

息子や家来が退出すると頼政は畳に置いた短冊をつまむ。

……慌ただしい世になってきたからか？　この処、よき歌を思い浮かばぬ。いや、わしが慌ただしい世にしておるのか。

頼政には、夢がある。

百年先、千年先、いやもっとずっと後の世の人々の胸に深く染み込む歌を、詠みたいという夢が。

頼政の歌としてよく知られるのは、官位が四位である嘆きを詠み、清盛の心を揺るがして三位への昇進の道を開いたと言われる――、
のぼるべき　たよりなき身は　木のもとに　椎（四位）をひろひて　世をわたるかな
（木に登れない男が、木の下で椎の実をひろって生きていかねばならぬように、わたしは昇進の

望みなく四位で生きていくのだな）

や、

都には　まだ青葉にて　見しかども　紅葉散りしく　白川の関

（都を出た時はまだ青葉であったが、陸奥の白川の関では紅葉が散り敷いていることよ）

などである。

ちなみに、二首目は頼政より百五十年ほど昔を生きた「すき人」、能因法師《のういんほうし》の、

都をば　霞とともに　立ちしかど　秋風ぞ吹く　白川の関

（都を春霞の頃に出立したが、白川の関には秋風が吹いておる）

に本歌取りしたものである。

——能因法師は、あの歌を、陸奥に修行に行った折に詠んだ歌と見せかけるべく、わざわざ都近くの庵に長い間、隠れた。念入りに日焼けし……さも長旅からかえった体《てい》をよそおって人前で詠んだとか。それこそ、すき人の、生き方よ。

能因が如き生き方をしたいという思いはずっと頼政の中に潜んでいた。

だが、現実は彼にそれを許してくれない。周りの状況も一族郎党も、能因の後裔として「すきの道」を歩む頼政でなく、皆を逞しく牽引する頼政をもとめているのだった。

——武張った物思いばかりしておるからじゃな。よき歌が出て参らぬ。清盛めの刃に斃《たお》れる前に……一首でよい、これという歌をひねり出したいもの。

夕暮れの一室で何も書かれていない短冊をじっと眺める頼政だった。

開け放たれた舞良戸《まいらど》の先、黄昏の前栽に紫陽花が咲いている。

ふと頼政が見ると、蜜を吸っていたらしい烏揚羽《からすあげは》が、ふわりと漂い出した。

一首ひねり出そうとするも、揚羽蝶が平家の紋を、平家の紋が清盛や宗盛を連想させ、邪魔立てする。

……歌はしばし詠めぬな。


夜、以仁王に頼政の文がとどいた時、以仁王は満月を仰いでいたという。

頼政の手紙は、謀反の露見をつたえた後、

「官人ども御むかへに参り候。いそぎ御所をいでさせ給ひて、三井寺へいらせおはしませ。入道もやがて参り候べし」

と、書かれていた。

三井寺はかねてより後白河院と昵懇《じっこん》で、法皇が清盛に囚われた今、反平家の僧が多いのだ。

茫然となった以仁王に長兵衛尉信連《ちょうひょうえのじょうのぶつら》(長谷部《はせべ》信連)という白髪交りの小柄な侍が、

「かくなる上はお気持ちを強くおもち下さいますよう。三井寺までのご道中は、女房装束がよいかと。某が留守をあずかり討手を足止めいたしまする」

以仁王は女房装束に着替え市女笠を引っかぶり、館を足早に後にしている。

が、出立して間もなく、

……しまった。小枝を忘れた……。

以仁王愛用の天下に名高い笛である。

取りにもどろうか、もどるまいか、歯嚙みしながら迷っていると――何者かが、屋敷の方から駆けてきた。

追いかけてきた小さな影こそ長兵衛尉信連だった。信連は、さっと跪《ひざまず》き、何かを差し出す。

「小枝にござる。枕元に、忘れられていました」

以仁王は小枝だけでなく、もっと大きなるものを信連から、受け取った気がした。

笛を手にした刹那、惶遽《こうきょ》に襲われていた気持ちが、静まってゆく。

……今の吾に必要なのは信連が如き心持ちか。小さいのう。こうも立派な家来どもが立ちはたらいておるのに、彼らをつかう吾はまだまだ小さい。

家来におしえられた若き王は、供の者に、

「この笛は……吾が死んだら、必ず棺に入れよ」

目に涙を浮かべて信連を見て、

「吾にはそなたが必要じゃ。傍にいてくれ。このまま供をせよ」

「……それは、出来かねまする」

小さな体の侍は即答した。

「弓矢取りとは、名を惜しむ者にござる。今、平氏の討手が館に向かっております。全ての侍が屋敷から消えますと、何と無様なことよと、都人は嘲笑うでしょう。故に、某一人はのころうと思うのです。討手をしばらくあしらい、適当な処で斬り破り、三井寺に追いかけ、合流したい所

ていた。

無言でうなずき、元きた方へもどっていく兵衛尉を、笛の音が似合う静かな月明かりが照らしていた。

「死ぬなよ、信連」

「存」

館にもどった信連が女房たちを隠し、見苦しくないよう大急ぎで掃除していると——足音と闘気の濁流が迫りくるのを感じた。

……おお、早くもきおったか。

信連の武者としてのこだわりは門を閉ざしてはいない。官兵相手に門を堅く閉ざせば、謀反をこちらからみとめるようなもの。それに、この期におよんでの無意味な閉門は、何やら見苦しいように感じている。

だから——三条面《さんじょうおもて》の惣門、高倉面《たかくら》の小門《こもん》は、堂々と開け放たれていた。

この夜、信連は、薄青の狩衣の下に萌黄《もえぎ》縅《おどし》の鎧《よろい》をまとっていたとつたわる。

兵を引き連れた出羽判官光長は馬に乗ったまま門を押し通り庭にすすんだ。

源兼綱は——頼政から、

『まだ、御殿の中におられるなら、敵を後ろから襲い、御救いせよ』

と、下知されていたため——門からかなりはなれた所に兵を止め、様子見の構え。

騎乗の出羽判官から鋭い一喝が飛ばされた。

「ことは露見しましたぞっ！　御謀反の聞こえ候によって、我ら別当宣をうけたまわり、お迎えに参って候！　もはや、逃げられませぬ。いそぎ、お出で候え」

屋敷は——しんと、口を閉ざしたままだった。

出羽判官が次なる下知をくり出さんとした時、あくびをしながら、小男が一人、広縁にぬっと現れ出た。

「何やら……騒がしいな」

信連だ。

「何奴」

「我ら宣旨を受けし官兵」

「うん？」

「謀反の疑いで——」

叩きつけるように、信連は、

「何を申すか、たわけっ。今、物詣で当御所にはおられぬわ。一体何事か、騒がしい！　話はわしが聞こう。ことの仔細をのべられい」

頭の中の糸がぷつんと切れたような顔をした出羽判官は、

「何じょう、ここにおられぬという話があろうか！　そうは言わすな下部《しもべ》ども。さがせっ、さがし奉れ！」

「物分かりの悪い男よ。……馬に跨《また》がって門を潜るだに奇怪《きっかい》であるのに、さがせ、と？」

金武《かなたけ》という大力の巨漢が、出羽判官の家来にいる。半首《はつぶり》という鉄の防具で額と頬を守り、烏帽子をかぶり、筋骨隆々たる腕と脛を剝《む》き出しにし、黒い腹巻をまとった金武が、ぎょろりとした目に殺意の冷光を灯し、野太刀《のだち》をにぎって、濡れ縁にひょいと乗る。十四、五人の下部が金武につづく。

細い目で敵を睨んだ信連は、まだ剣を抜いていない。

金武が咆哮《ほうこう》を上げて斬りかかった。

裂帛《れっぱく》の気合で、信連の太刀が抜かれ、刃の風が吹くや——金武の首はもう庭に転がり落ちている。

信連は、さらに二人、凄まじい勢いで斬り殺し、

「——近寄りすぎて怪我するなよ！　左兵衛尉《さひょうえのじょう》長谷部信連とはわしのことぞ」

「の……信連じゃと？」

兵たちが、ひるむ。

「ええい、何をたった一人に臆しておる！」

出羽判官が荒れ狂うと、

「あの男……昔、院の武者所にいた時、検非違使《けびいし》の誰もが手を出せぬ盗賊六人のねぐらに一人で斬り込み、瞬く間に四人を斬り殺し、二人を生け捕りにしたのです」

「わ、わしらじゃ到底……」

「腑甲斐《ふがい》ない。相手は、たった一人ぞっ、しかも……小さき翁ぞ……。当方が何人おると心得て

おる！　斬れ！　叩き斬れぇっ！」

叱咤された兵たちが、あわてて突っ込む。

信連は大太刀、大薙刀《おおなぎなた》で斬りかかる敵を――次々に斬ってまわり、ひるんだ兵どもがまた庭に跳び退いた様は、嵐に吹き散らされた木の葉のようだった。

「――腑甲斐ない強盗《ごうどう》どもかな」

ふっと、一笑した信連は、くるりと背を見せ、屋敷の奥に消えてしまった……。

「何を棒立ちしておる！　しゃつを逃がすな、追えぇっ」

石のように固まった兵たちを出羽判官の怒声が動かす。

満月に照らされた御殿。討手は、無案内《ぶ》、信連には勝手知ったる所だ。

信連はあちらの馬道《めどう》（長廊下）から俄かに現れて、ばっと斬りかかり、こちらの詰りに追い詰めた二、三人の敵を瞬く間に斬り殺す、右に隠れたと思ったら、左の襖から剣を刺して横から突く、という具合に、神出鬼没の動きで官兵を翻弄。

たちまち――十四、五人が殺戮された。

もてあました出羽判官が、

「宣旨を何と心得るっ！」

呼びかけると、

「宣旨とは何ぞ？」

嘲笑って姿を隠す。

「俺は金武の弟、銀武《ぎんたけ》！」

叫びながら襲ってきた男を一刀の下に斬り捨てた時、信連の刀が、折れた。

……ここまでか。

三井寺の方に皺深き顔を向け、寂し気に微笑んだ信連は、

「お傍にいけそうにありませぬ」

捕まって、拷問されるのも癪《しゃく》だ。……腰の短刀をさがす。だが、なかった。何処かで落としたようだ。

「……生きて、お傍に参れということですかな？」

小さな老武者は折れた太刀をひろい、月明りに照らされた敵がひしめき合う庭に、さっと飛び降りている。さすがに疲れが出て、肩で息をしているが、薙刀、矛がつくる垣を突き破り——三井寺へ走る所存だ。

大薙刀が襲ってきた。

跳躍し、柄に乗ろうとする。

が、思ったより体が重く、薙刀の刃は、信連の腿《もも》を貫いた——。

一斉に敵が駆け寄り長兵衛尉は捕われた。

この夜、出羽判官が捕えた以仁王側の者は、信連たった一人であった。

＊

以仁王の侍、信連は、平清盛の前に引き据えられた。

雁字搦《がんじがら》めにしばられ篝火《かがりび》が照らす庭に放り出された信連を、広縁に立った清盛が睨みつける。

清盛の双眼には怒りが燃えている。

……まあ、そうよな。捕えたのがみども一人というのも癪じゃろうよ。

清盛にしたら、勢いよく漁に出たのに、大魚を逃し、雑魚《ざこ》一匹手にのこったような気持ちだろう。

「真に、うぬは、宣旨とは何ぞ、と荒言を吐いたのか！」

清盛は大喝する。凄《すさ》まじい気迫だ。

「多くの庁の下部を刃傷殺害したというのは真か！」

左右の者に、

「よくよく糾問の上、河原に引き出して首を刎《は》ねい」

夜の庭に――人もなげな笑い声が、ひびいた。清盛は笑いの主を、きっと睨み、

「何がおかしい、信連」

笑い止んだ信連は、

「いやはや……平家の棟梁ともあろう御方が、侍の務めをはたしたにすぎぬ男一人を捕まえ、と

んだ荒言を吐かれるものよと思い、ついおかしく……」

「わしが……荒言……」

牙を剝いた羅刹の顔になった清盛に、堂々と胸を張った信連は、

「ええ。近頃の山賊、海賊、強盗《ごうどう》は、屋敷に押し入る時、『公達のおなり』とか、『宣旨のお使い』とか『検非違使の調べ』などと騙るそうにござる！　いきなり鎧《よろ》うたる者どもが屋敷に押し入り、何事と思うた某、『何奴』と訊ねますと『宣旨がどうの……』との答。誰がどう見ても——強盗の群れと思いましょう？　聞けば官兵を斬ったそうにござるが、それがしには左様に見えませなんだ……。強盗と斬りむすんだつもりにござった」

「下らぬ雑言を……。謀反はどうなる！　お前の主が企んだ謀反は——」

きっぱり、首を横に振り、

「全く存じませぬ」

「王の行き先は？」

「一向存じませぬ」

豪快に打ち笑んで、

「また、仮に知っていたとしても、それを申す信連ではないわ！」

以後、堅く閉ざされた口は、いかなる拷問でもわれなかった。責め手が疲れて拷問がゆるむと——信連は血だらけ痣《あざ》だらけの顔に涼し気な微笑を浮かべ、清盛を真っ直ぐ見詰めるのだった。

……何という男だ。

感嘆が、平家の武士どもの胸を揺すった。

「あっぱれ剛の者よ」

「あったら男子《おのこ》（惜しむべき男）の……斬られる惜しさよ」

「一人当千のつわものとは、あの男のこと」

斬首を止めようと篝火に照らされた平家の武者どもが次々に呟《つぶや》く。

広縁に腰を下ろし、配下の呟きを全て聞いていた清盛は、立ち上がり様、

「もう、よい。伯耆《ほうき》の日野《ひの》へ流せ」

と、言い置いて、立ち去っている。命を助けられた長兵衛尉は伯州《はくしゅう》へ流罪となった。


五月十六日、夜。

頼政の許に仲綱がきて、

「父上。万端、とといのいました」

「うむ」

頼政が濡れ縁から庭をのぞむと篝火に照らされた一族郎党が勢揃いしていた。兼綱もいる。

大抵は、男である。

まず家来の妻などは昼のうちに逃がした。のこったのは、幾人かの女で、頼政の老妻、娘、仲綱や兼綱の妻などである。これらの女たちはほとんど馬に跨れる。頼政の妻は、輿で逃がす。

百人近い武者どもは大鎧、胴丸、腹巻を着込み、薙刀に弓、太刀や熊手をたずさえ、鎧の袖を

ふれ合わせ、兜《かぶと》の星を火光にきらめかせ、ずらりと並んでいた。

張り詰めた猛気が漂う中、頼政の葦毛の馬、仲綱の紅栗毛の馬が引かれてくる。

おや、その馬は、という顔になった老父に、仲綱は、

「今は亡き小松殿《こまつどの》から頂戴した駿馬にござる」

平重盛のことだ。

頼政は仲綱が重盛から馬をもらった経緯を思い出した。

幾年か前のことだ。

中宮徳子の御殿に、長さ八尺（約二メートル四十センチ）の蛇が現れ、徳子や女房たちは恐慌に陥った。たまたま参内していた徳子の兄、平重盛は一切眉を動かさず、直衣姿のまま蛇をむずとつかんでいる。

何食わぬ顔で静かに廂《ひさし》に出た重盛は、

『六位はおるか？』

六位の蔵人を、呼んだ。

この時、衛府の蔵人であった仲綱は、

『仲綱！』

と、応答し、さっとすすみ出て、ひざまずく。

『蛇が出た。すてて参れ』

『御意』

重盛から蛇を受け取り、厳粛な顔で押しいただいた仲綱は殿上の小庭に出て、小舎人《こどねり》どもに、

『これを、すててこい』

ところが、小舎人どもは、揃いも揃って顔を青くし、首を大いに横に振り、何も言わずに逃げ散った――。仕方なく仲綱は滝口の武者の詰め所まで行って自らの郎党、渡辺競《きおう》を呼ぶと、

『ああ、こりゃまた、ずいぶんようそだった蛇ですなあ。承りましたっ。すてて参ります！』

悠然と蛇をもぎ取った競はすたすた御所を出ていき、かなりはなれた野までいって、放ってきた。

仲綱、競の名が一気に上がったのは言うまでもない。

翌日。

平重盛が仲綱の屋敷をおとずれた。紅栗毛の駿馬から、さっと降りた重盛は、

『昨日の振る舞い、優美でござった。これは我が厩の中で乗り心地一番の馬にござる。夜陰におよんで、衛府の陣から美女の許に通われる時など、この馬に乗られるがよかろう』

朴念仁の仲綱が、胸深くに根差した感謝を言の葉に変えるのに苦しんでいる間に、もうつれてきた替え馬に跳び乗った重盛は、何処か遠い寂し気な目で、

『務めにも、私事にも……誰よりも真っ直ぐで信頼出来る御仁、貴殿はそういう男子《おのこ》だ。貴殿の如き武士こそいかなる宝にも代え難い、そう思うております。

この馬で貴殿に通われる女子《おなご》こそ果報者にござろう。では――』

颯爽と立ち去っている。

摂津源氏はなるほど小さい武士団だが、彼らは小さいなりに尊厳をもっていた。

重盛はその尊厳を大切にしてくれた。愛でてくれた。

だが、宗盛は違う。

——踏みにじってくる。

仲綱が頼政に、

「わしは平家に……恩があり申す。分厚い恩ですっ」

この処、白髪が目立ってきた頭を振り、苦しみの涙をにじませた仲綱は、

「頂戴した恩に目を向ければ、戦いたくない。されど、その思いを押し流すほど……」

「もうよい。何も申すな」

頼政の骨と皮ばかりの手が仲綱の鎧の大袖に置かれた。重盛に紅栗毛をあたえられ、宗盛に木の下を奪われた仲綱は、

「これだけは言わせてくれ。父上。小松殿が、平家の跡取りなら、わしは弓引かなかった。……身を粉にしてはたらいたろう」

「じゃが、小松殿はもうおらぬ」

月を仰いだ仲綱は口を痙攣《けいれん》させるように動かしてから、

「あの時……自らの死期を悟られていたのではないか？　だから、寂し気に——。我らがこうなることも見通されていたのではないか？」

小さく首肯した頼政は、蟷螂に似た細面を一族郎党に向ける。

火が爆《は》ぜる音がしている。

皆が固唾を呑《の》み、棟梁の言葉をまっていた。

羊歯革縅《しだがわ》の大鎧をまとった頼政が口を開く。

「皆の者、叫んだり喚《おめ》いたりする声は、戦場《いくさば》に取っておけ。寺門に参るまで大声を発すること固く禁ずる」

寺門とは三井寺である。男も女も、侍大将も雑兵も、口を閉じたままうなずく。

「宗盛を跡取りにした今——平家は終った」

みっしり凝集した家来どもが固く口を閉じているため、頼政が黙すと火が爆ぜる音ばかりになった。

「盤石と見えた入道相国清盛の時代も……間もなく終る。信じられぬかのう？　若いそちたちには。じゃが、この中でもっとも長く生きたわしにはその様がしかと見えるのよ。平家は、我ら一党の——」

言葉が詰まった。

苦い塊が、喉にこみ上げてきたのだ。

蛾が、篝火に飛び込み、燃え尽きた。

深く息を吸い苦い塊を溶かして一語一語きざむように、

「……我らの誇りを踏みにじった。誇りを踏みにじられてなお、平家に隷従したいと思う者は、この中におるのだろうか？」

「…………」

頼政は聞き入る一族郎党に、真摯な面差しで、

「わしは左様な道を歩みたくない。其《そ》は、奴らに嘲笑われながら泥の汁を啜るようなもの。この歳になって思うのじゃが……武士は、武士の家に生れたゆえ、武士になるのではない。己の力で、武士になるのよ。武家の棟梁は……棟梁の家に生れたから棟梁になるわけではない。棟梁の器があるゆえに余《よ》の武士どもから棟梁とみとめられるのよ。

――では、何をもって武士たりうるか？　武力、ゆえか？……違う。単に腕の力ならこの頼政、二十歳の若者に負けるじゃろうよ。では、何か？　武力以上に肝要なものが三つある。わかるか？」

「…………」

「誇り、勇気、時におよんで筋道を通す信念。この三つであろう？　平家が差し出す泥汁を嘲けりを浴びながら飲む……この生き方はのう、武士が大切にすべき誇り、勇気、筋道……いずれにも合致せぬっ。いずれをも穢《けが》す。武士の生き方ではないということ」

嗄れ声を、ふるわし、

「少なくとも――我ら摂津源氏の生き方に非ず！

左様に思わぬか？　方々」

涙を流してうなずく女たちが、いた。歯を食いしばって首肯する武者どもが、いた。決意を秘めた首肯がどんどん広がってゆく。

頼政は、言った。

「武士の棟梁の器とは？……素性も立場も違う多くの侍を有無を言わさず引きつける広く深い度量……ではないか？　誰よりも遠くを見渡す知恵でないか？　双方あれば良し。少なくとも一つは要るじゃろう。両方持たぬ者が棟梁になれば、一国を治める武士なら一国が、天下《てんが》を治める武士なら……六十余州が、暗く沈むか……乱れる。

今、双方持たぬ男が棟梁になろうとしており、坂東には不敵なつわものがごろごろおる。確実に乱れるぞ」

かっと眼を剝いた頼政は鎌で空《くう》を薙ぐような動きをして、

「捨て置いても必定乱れるならば、我らが火の手を上げ――その武名をずっと後の世まで轟《とどろ》かそうではないかっ」

叫びを呑み込んだ男たち女たちが一斉に首肯している。渡辺省《はぶく》ら渡辺党の猛者どもが武者震いする。篝火に飛び込む蛾やもっと小さな羽虫を見ながら、

「死を覚悟の戦じゃが、飛んで火に入る夏の虫とは違う。――勝算はある。東国には、我らと同じ思いの武者どもがおる。彼らは、立ち上がる。これより屋敷に火をかけ京を退散する。濫《みだ》りに私語を発する者は、斬る。いざ参ろうぞ」

頼政が葦毛に、仲綱が紅栗毛に跨った。七十七歳の頼政だが馬術の鍛錬はかかさぬのである。

半首をつけた雑兵どもが松明《たいまつ》で襖や障子に火をかけた。

住み慣れた館が燃えはじめる様を見た頼政は、前を睨んで門を潜る。振り返れば一首浮かびそ

うな気がしたが、ひたすら前を見つづけた。今は歌詠みではなくて武者でありたかった。

頼政一行は——頼政夫人の輿や騎馬の女たちを、騎馬武者がはさみ、徒歩の女を薙刀野太刀を引っさげた雑兵どもが守り、無言で夜の洛中を駆けていく。

盗賊におののく夜の都に、人通りは、ほぼない。

が、それでもわずかに表にいた人影が、

「や——戦か」

慌てて跳び退き、築地に背をこすりつけて、おびえる。

頼政一党は一切構わず、ひたひたと東へすすんでいる。所々の小家から次々に武装した男たちが飛び出て後列にくわわっている。近くに住む郎党たちだ。

——一行は二百人となった。

それは、強大な平家への隷属という殻を突き破ろうという小さき武士団の誇りを賭けた歩みだった。

頼政は横を行く仲綱の浮かぬ顔に気づく。

「如何《いかが》した?」

「はっ……競の姿が見えぬようで。斯様な時は、大いに頼りになる男なのですが……」

たしかに——渡辺競の姿が、ない。渡辺党の面々は渡辺省、唱《となう》、授《さずく》、続《つづく》、清《きよし》、らがいるばかり。

ちなみに摂津渡辺党は摂津源氏譜代の郎党で、一字の名しかつけぬという特殊の仕来りを有する勇士の一族である。

渡辺党の面々は源頼光の四天王の一人、「一条戻り橋の鬼」の腕を叩き斬った伝説で知られる渡辺綱《つな》の末裔たちだ。綱に腕を斬られたのは、茨木童子《いばらきどうじ》なる鬼で、物忌みする綱を、伯母に化けて誑《たぶら》かし、家に入るや、本性を現して斬られた腕をひっ摑み、大跳躍して、破風を蹴破り、天駆けて逃げたという……。

故に渡辺党は屋敷に破風をつくらぬという奇怪《きっかい》な風習も固持している。

頼政はやはり傍にいた省に、

「競を知らぬか？」

「……申し訳ありませぬ。博打に出ておるのやもしれませぬな……。どうにも、捕まらず」

競は、飲む、打つ、かう、三拍子揃った男で、戦の前になると、悪い仲間の家に籠り、博打にのめり込む癖があった。が、戦の直前になると、ふらりともどってきて、美味しい手柄をかっさらう。

平治の乱の折も、清盛につくと決めた頼政に——義朝、悪源太義平が猛然と突撃してきたが、競が殿《しんがり》となり、火を噴くほど激しく反撃し、何とか押し返したのだった。

「あ奴の行き先は家人でも捉え切れぬのです」

省が言うと、頼政は、からりと笑い、

「案ずるな二人とも。競は、何食わぬ顔で、おっつけ参ろう。そういう男じゃ」

東山に差しかかった老将は一度だけ平安京を顧みた。

明王が背負う迦楼羅炎《かるらえん》に似た暗い火が、夜の下腹を赤く焙《あぶ》っていた。

……今頃、わしも謀反の一味と、清盛に知れたろうな。もはや後戻り出来ぬ。

近江《おうみ》の三井寺は——東山をこえたすぐ東、今の大津《おおつ》市の西北、琵琶湖を見下ろす小山にある。正式な名は園城寺《おんじょうじ》。

三井寺の名は寺域にある滾々《こんこん》と湧く清らな泉に由来する。一説にはこの泉水が景行《けいこう》、成務《せいむ》、仲哀《ちゅうあい》三帝の生湯井《うぶゆのい》につかわれたので三井と呼ばれるのだとか。あるいは、天智《てんじ》、弘文《こうぶん》、二帝の御用水であったゆえ、御井《みい》と呼ぶ、斯様な説もある。

三井寺は反乱の皇子を受け入れてくれた。

俄か本陣が、三井寺内、法輪院《ほうりんいん》に据えられている。

頼政一党は三井寺につくや僧兵と力を合わせ、逆茂木《さかもぎ》に柵、掻楯《かいだて》などをめぐらし、空堀まで掘りはじめ、全山を着々と要塞化した。

日没がその作業を途切れさせ、軍議となる。以仁王にはやすんでもらい、頼政と仲綱が仕切る。

五月十七日、夜。

燈火が頼政の細い顔に陰影を添えていた。嗄れ声が、出る。

「わしとしては……まず、東で味方が挙兵し、敵の大軍がこれを討ちに出た後、がら空きとなった都で兵を挙げ、清盛宗盛の首を取る算段じゃった。さりながら紀伊において計画が漏れ、清盛が先に勘づいた。かくなる上は少しでも多く味方をつのり、ここ三井寺に堅く籠りつつ、東国における仲間の挙兵をまち——機を衝いて逆転の一手に出る。斯様な戦い方がもっともよいと思われる」

「今、味方をつのると仰せであったが——」

高僧が問う。

「源三位殿は、我らの味方になってくれる軍勢が近くにあると……」

「あると、思うております。——山門と南都」

頼政は言った。山門は比叡山、南都は奈良興福寺のことだ。

「南都はともかく、山門寺門の長きにわたる対立は、ご存知でしょうな？」

比叡山延暦寺と三井寺は同じ天台宗であったが根深い争いをかかえていた。

どっしりした体つきの僧が、言葉をはさむ。

「しかも叡山は……平家一門と昵懇」

「重々存じておりますが、この際、援兵を請う他ないでしょう。そもそも山門は同じ円宗（天台宗）の学地、南都は夏臈得度《げろうとくど》の戒場。牒状《ちょうじょう》をまわせばどうしておろそかにしましょう？」

かくして山門と南都へ——急使が飛ばされた。

軍議が開けた後、渡辺党から、また競の話が出る。

「……六波羅に囚《とら》われ、責め殺されたのでないか？」

「あ奴め、この大事に屋敷におらんかったのか？　いかなる憂き目に遭っておることやら」

口にこそ出さぬが、平家への変心を疑う者も、いそうである。

じっと話を聞いていた頼政は、

「競は、無体に囚われたりすまい」

枯草に止って考え込む蟷螂のように首をかしげた老将は、ふっと笑い、

「競のこと……。何か思いも寄らぬ策で、平氏を振り切り、この入道の許《もと》に参るであろう。そろそろ……来るのでないか?」

仲綱は老父の言葉に重くうなずいている。源仲綱と渡辺競は、立場を越えた親友であった。

その直後に起きたことを、平家物語は、次のように描写する。


と宣《のたま》ひもはてねば、競つッといできたり。「さればこそ」とぞ宣ひける。

(と、おっしゃった舌の根の乾かぬ内に、競がさっと現れた——。源三位入道は、「ほら、言った通りであろう」とおっしゃった)


鎧兜に身を固め駆けてきた競は頼政にではなく仲綱に平伏し、力を込めて、叫んだ。

「渡辺競、遅ればせながら参上。伊豆守《いずのかみ》様の木の下が代りに——六波羅の駿馬、煖廷《なんりょう》を掠め取って参りました! 只今《ただいま》、献上致しますっ!」

「よくぞ、取って参った!」

長身の伊豆守・仲綱は鋭く答えて立ち上がり、鞘《さや》に入った太刀で板敷を強く叩《たた》いた。渡辺党の者どもが腹の底から喝采する。

若党が走り、一頭の馬——平宗盛の愛馬、煖廷がつれてこられた。

省が競の鎧の大袖をどんと叩き、呆れと賞賛がまじった声を出す。

「博打か？ また」

「……いかにも」

照れくさそうな競の答が摂津源氏の面々、わけもわからぬ三井寺の僧たちを笑わせた。

仲綱は競に、

「如何なる仔細で、煖廷を奪って参った？」

「……はあ、泊りがけの博打に出ておりまして、負けてかえったのが今朝」

そこで妻から、謀反の露見、頼政や朋輩が三井寺に落ちたと告げられている。

「これはしたりと頭を掻き毟《むし》っておると、某《それがし》の洛中のあばら家の周りが何とも騒がしい。見れば平家の武者どもに包囲されておりました……」

競は、六波羅に連行された。


『何故、そなた、まだ、都におる？ 何ゆえ三位入道頼政の供をしなかった！』

庭に引き据えられた競に鋭い言葉を投げつけたのは前右大将《さきのうだいしょう》・平宗盛だった。

金蘭の契りをむすんだ仲綱から名馬、木の下を奪い、深く傷つけた男である。

競の左右には鎧兜に身を固めた平家の猛者《もさ》どもがずらりと並んでいた。

がっくり肩を落とした競は、白く化粧した次の平家の総帥に、

『腑甲斐ない話にございまする……。某、もしもの時には真っ先に駆けつけ、三位入道様のため

に命をすてる覚悟にございました。それが……如何なる思《おぼ》し召しだったのでしょう？　某には何のお話もないまま、三位入道様や伊豆守様は三井寺へ走られたのです』

――まあ、わしが博打をしとっただけなんだがな。よいよい、これも博打の一種だ。

『相伝の家人の中、某だけが洛中に、取りのこされた次第』

前右大将は貴族的な瓜実顔《うりざね》を怪訝《けげん》そうに曇らせていた。白く化粧した額で丸眉が寄り、

『……其《そ》は、真か？』

『真にございまする。どうして、嘘を申しましょう？』

宗盛は問うた。

『今後も、朝敵・頼政法師に同心する所存か？　それとも、先途の栄えを考え、当家に奉公したく思うか？　有り体に申せ』

『先祖代々の誼《よしみ》を考えれば三位入道様を見捨てがたく思うのですが……どうして、朝敵となった人に、今さら合力出来ましょうや？　こちらに奉公させていただきたく思います！』

幾粒もの涙をこぼした競は身悶えするように叫んだ。

涙が、平氏の御曹司を信じさせたようである。

宗盛は鷹揚《おうよう》にうなずき、

『よくぞ申した、励めよ。侍所《さぶらいどころ》に詰めておれ』

そして優雅に腰を上げ清盛と話すためだろうか、奥に消えた。憎い相手ではあったが、競は内に秘めた刃《やいば》を見事隠しおおせている。

「わしは日中、ずっと侍所に詰めておりました。宗盛は幾度も……『競、おるか！』奥から呼んでたしかめてきます。その度にわしは『候っ！』と返しつづけました」

宗盛は競の逃走を疑ったのだろう。

「時には、『おるか？』とか『競？』とか少し変えて参るのですが……その度にこちらはただひたすら『候！』と言いつづけました」

頼政、仲綱、兼綱、渡辺党の面々がくすくす笑いはじめている。

やがて日が暮れると直衣《のうし》をまとった宗盛が奥から出てきたという。競は、畏《かしこ》まった様子で、宗盛に、

『三位入道は三井寺に立て籠っている様子。そちらに兵を差し向けられるのでしょう？』

『……おう……』

西日に射貫かれた競は、平身低頭し、はきはきと、

『某も討っ手にくわわり六波羅への御奉公の初めを飾りたく思いまする』

『………』

競は、疑う宗盛に、力を込めて、

『お仕えすると申し上げた以上、みどもも武士、二言はありませぬ。浅からぬ忠を尽くして参ったのに、旧主は何のご相談もなく三井寺に出奔された。この一事で旧主との縁は切れたと思うのです』

博打好きなだけに芝居は上手いのだ。

『であるならば……かつての朋輩《ほうばい》ども、三井寺法師の首をいくつか取り、御奉公の証《あかし》としたいのでございます。どうか、お聞き届け下さい』

三井寺で報告する競は、

「ご主君を悪者にして申し訳ありませぬ。ただ、こうする他なかったのです。しばし考えておった宗盛は……」

宗盛は、言った。

『わかった。討っ手にくわわれ。存分にはたらけい』

さっと去ろうとする宗盛に競は、

『いま一つお願いが……』

『何じゃ？』

『はっ、三井寺に参ろうにも、恥ずかしながら……』

いかにも決り悪げに、

『馬がありませぬ……。したしい奴《やつ》めに盗まれたのでございます、はい。馬を一頭、御下賜願えぬでしょうか？』

夜の三井寺、反乱の火の手というべき篝火に照らされて報告する競は、

「この時、わしは宗盛が木の下をつれてくるようにと、ひたすら祈っておりました。されど宗盛が引いてこさせたのは自らの愛馬……煖廷にございました。木の下を取り返せず申し訳ございませぬっ！」

腹の底から――無念の塊を吐き出すような顔で、叫んだ。

これは芝居ではないだろう。

「で、煖廷を頂戴し、我が家にもどるのを許され、鎧兜に身を固め、家に火をかけ、敵の馬に跨って馳せ参じた次第」

「家人は落としたのじゃな？」

仲綱がたしかめると、首を縦に振った。

渡辺省が叫ぶ。

「競、そなたは我ら摂津武士の鑑、渡辺党の誇りじゃっ！」

実は、競の家から出た火で裏切りに勘づいた宗盛は、すぐさま追えと命じるも、追撃を命じられた心ある武人たちは、

『追えという御下知じゃが……渡辺競こそ、真の勇士ではないか？　勇士を頼政にあわせてこそ我ら桓武平氏の名も立つというものよ』

『左様……いくら御下命とはいえ、御家の名をおるような真似《まね》……我らは致しかねる。ここは行かせてやろうではないか』

などと語らい、追撃の手を大幅にゆるめた。だから競は仲間に合流できたのだ。

狂紋《ひょうもん》の狩衣に緋縅の鎧をまとい、兜の星を銀でつつんだ星白の兜をかぶった競は、

「博打による遅参、お許しいただけましょうや？」

銭を賭けた博打に負け、誇りを賭けた大博打に勝った男に、頼政は、

「許す。見事な働きであったぞ、渡辺競！」

こんな大声がよくのこっていたと周りが驚くくらい強い声が干からびたような喉から迸《ほとばし》った。

競をねぎらった老武者は、一度にっと笑い、底無し沼を思わせる深沈たる眼差しで、煖廷を見据え、

「この馬に恨みはないが……何か仕返しせぬと、我らの気はやすまらぬの……」

険しい面差しをした摂津源氏の男たちが一頭の馬を取りかこんだ。


その夜——何者かが馬を一頭六波羅に追い込んだ。その馬は厩《うまや》に入り、他の馬と、噛《か》み合っている。

只ならぬ騒ぎに下人たちが殺到すると、侵入馬は、煖廷であった……。

競の逐電を聞き、憤怒して追捕を命じるも……胸のすく知らせを得られず、苛立ち混りの酒を飲み、床についた宗盛は、何やら表が騒がしく、目覚める。

寝ぼけ眼をこすり騒がしい方に向かう。

……厩で、何ぞあったか？　頼政法師の手の者が厩に弱矢を二、三本放ったかの？　おいぼれの頼政め。父上相手に無謀な挙兵にいたったが、今頃、臆病風に吹かれておろう。

混乱する数多《あまた》の松明に照らされた厩に、寝間着姿の宗盛は現れた。

「おい、何があった？」

ざわついていた侍どもが、一瞬静まり、すぐに、

「煖廷が……もどって参りました……」

驚いた宗盛がたしかめると煖廷は世にも無惨な姿になっていた——。

麗しかった鬣《たてがみ》が悉《ことごと》く、毟り取られている。

そして、見事な筋肉がついた胴に、「昔は煖廷　今は平の宗盛入道」と焼き印が押されていた。

宗盛は出家していない。負けて出家するとでも言いたいのか、お前は武将に向かぬ、寺に入って経でも読んでおれと挑発したいのか。鬣を毟り取られた馬を僧に見立てたのだろう。

宗盛は、もはや、感情を制御できず、幾度も跳び上がって、

「小癪《こしゃく》な競めっ！　仲綱めっ！　特に許せぬのが競。ようも、このわしを騙《だま》してくれた！」

わななきながらしばし黙した宗盛は怒りで濁った半眼で、

「あ奴ら二人、三井寺に押し寄せた際、決して、殺すな。よいか、殺すなよ！……必ず生かし、わしの前に引きずり出せ。鋸《のこぎり》引《び》きにしてくれん」

平家の大軍は続々と京都に集結、六波羅の館は金城湯池《きんじょうとうち》の様相を呈している。

頼政の寡兵と、三井寺の僧兵では、その鉄壁を崩せぬ。

喉から手が出るほどほしいのが援軍だ。

が、叡山に登った使いは、虚《むな》しくかえってきた。清盛との関係を重んじる叡山としては助けられないという。

一方、奈良は——以仁王を助けるべく、立った。

急ぎ僧兵をあつめて三井寺につかわす、もう少し粘ってくれという答であった。

三井寺では連日、軍議が重ねられる。

都にいる平家は——ゆうに二万超。三万に迫る勢いだ。反乱軍は……たった、千五百余人。

「やはり我らの頼みの綱は東国の源氏。彼らが蜂起するか否かに、ことの正否がかかっておる以上、今は守りを固め動かぬが得策。奈良の援軍が来た処で平家には当れぬよ」

僧兵衆が慎重論にかたむく中、頼政は異《い》なる見解をもっていた。

……たしかに東の源氏が頼みの綱じゃが……。彼らは、見ておるのでないか？　我らがたのむに足るか否かを。もし奇襲して清盛を大いに叩ければ、我らの勢いを東にしめせる。さらに平家は思ったより弱いと広く喧伝出来よう。

かく思案した頼政は軍議の席上、

「——夜襲をするべきかと存ずる。兵を、二手にわける。一手目は四、五百人で、わしが率い、白河《しらかわ》辺りをつく。在家に火をかける。六波羅や在京武者は、一大事と思い、白河に誘《おび》き出されるじゃろう。六波羅は手薄になる。……そこを仲綱率いる本隊が突き」

地図からはなれた皺だらけの指が首にふれ、深く掻き切る動きを見せる。

「清盛、宗盛を討つ。この二人の首さえ取れば平家の天下など一日で崩れる。必ず、諸国の源氏が上洛し、残敵を押し流すであろう」

軍議の席には三井寺の高僧たち、僧兵たちも真剣な面差しで居並んでいた。夕刻であり人々の面を燈火が照らしている。

幾人もの僧兵が頼政の策にうなずく中、

「ちと、軽率ではあるまいか？」

こんな発言が、飛び出す。

その僧を一目見た頼政の面差しが薄曇りしている。

——阿闍梨真海《あじゃりしんかい》。

清盛の祈禱僧《きとうそう》をつとめていた男で、平家一門と極めて近い……。

干からびた木の実のような顔をした阿闍梨真海は言う。

「こう申すと……平家の味方の如く思われるやもしれぬ。されど、どうして、我が寺を裏切ろうか。昔は源平左右に争い、その力は拮抗《きっこう》するも、近頃は源家《げんけ》の御運傾き、平家の世となり、天下に靡《なび》かぬ草木とてない。その館の有様は小勢にては到底攻め滅ぼせぬほど堅強……。六波羅の様子を見るに、すぐに攻めてくるようには見えぬ」

「いや、総攻め近しと聞いております」

仲綱がさっと言った。競たち渡辺党が、大きく首肯した。

真海は小馬鹿にしたように、

「拙僧には違うように見えるがの……」

真海は、眼を鋭く光らせて、

「六波羅の大軍を突き崩すのは、まず、無理じゃ、到底無理。諸方に手をまわし、兵を多くするのが急務と思う」

真海は長々と自説をのべた。時折、論点が妙にずれ、話しの進路に靄が立ち込め、その主張は先が見えぬ方へ行ってしまい、喋り方もゆっくりしていた……。

——こ奴、長々と話し、我らが夜討ちで清盛、宗盛を討つのを、ふせごうとしておるのか。

頼政にはこの僧と六波羅をつなぐ紐《ひも》がありありと見える気がする。頼政の額で、青筋が、ふくらんでいる。同じことを倅たち、渡辺党も感じたようで、皆、面持ちが険しい。

一同、地図を中心に板敷の仏堂で議論していた。ちょうど頼政と斜向かいに顔見知りの老僧兵がいた。

頼政の歌仲間、乗円坊慶秀《じょうえんぼうけいしゅう》。齢《よわい》八十を超すが屈強な体から只ならぬ精気を漂わせた男で、もっと若く見える。

近江まで仲綱と遠乗りした折、慶秀の坊で白湯《さゆ》を請うたことがあり、そこから付き合いがはじまった。義憤に駆られやすい男で木の下の一件では相当に宗盛に腹を立てていた。

……そういえば、あの遠乗りで仲綱が乗っていたのは、木の下。

慶秀は小柄で、皺深い。坊主頭を布でつつみ、腹巻鎧を着込み、白柄《しらえ》の薙刀を傍に置いている。

頼政はしたしい慶秀にめくばせをする。すると、慶秀、ぬっと立ち、

「長話、そこまでにしてくれぬか？　阿闍梨真海」

慶秀は薙刀を杖代《つえ》りに議場の中央に歩み出るや——石突きで板敷を突いている。嗄れ声を絞り出すように、

「寡兵で大軍を破った例は古来、いくらでも、あろう。大海人皇子《おおあまのみこ》が宇陀《うだ》の郡を通った時、僅か

十七騎だったが、大友皇子《おおともの》を討った。窮鳥懐に入る、人倫これをあわれむ、と言う。わしは我らの救いをもとめておられる方々を見殺しに出来ぬ。非は、横暴なる六波羅にあり。我が手の者は何があろうと、今宵、六波羅に押し寄せるぞ！」

「そうじゃ、長々と僉議《せんぎ》しておっては夜が明けてしまうぞっ」

競が叫び、渡辺党や僧たちが、

「夏の夜は、みじかい」

「夜討ちをかけるなら、今すぐ動くべし。一刻の猶予もない！」

「長の僉議をしている暇はない」

頼政の作戦が採用された。

三井寺内の平家派、阿闍梨真海は、苦々しい顔様をしていた。

真海が吹っ掛けた議論により——かなりの時が喰《く》われている。だが、夜明けがあとどれくらいでおとずれるのか、天地はいかほどで明るくなるのか、正しい知見を持つ人は、いない。

——さて、東雲《しののめ》がおとずれるまでの勝負じゃ。一際濃い夜霧でも立ち、日をさえぎってくれればよいが。

頼政は相当な焦りを覚えつつ夜襲の支度をさせている。

僧兵の支度がおそいと胸を焙られるように焦る頼政を、仲綱が諭した。

「父上……年甲斐もない。お顔に苛立ちがにじんでおりますぞ」

「そちは若いくせに落ち着きすぎじゃ」

「若い……？　某も十分、歳ですぞ。窮鳥たる我らの味方をしてくれるだけでありがたい。せかした処で、ろくなことになりますまい。いま少し時がかかるようなら、わたしの方から話してみます」

少し後、ともかく支度が終り、夜襲部隊は以仁王を守る僅かの人数をのこし、出立した。頼政率いる老兵主体の囮《おとり》、すなわち搦手軍は敵の注意を惹くべく松明をもつ。仲綱率い競もくわわった精鋭は一つの松明も灯さず、夜の山林を動く。こちらは完全な潜行部隊だ。

雑木林の中を夜討ちの衆は決死の覚悟ですすんだ。

と、さっきまでのっぺりした闇であった所に、灰色の樹の影が静かに浮かび上がりはじめた。

夜の間、嘴《くちばし》を閉じていた山の鳥たちが次々に寝醒めの一声を放っている。

――しまったっ。はや夜が明けたか……。

己に降りそそぐ狼狽えと失望のまじった視線の雨を頼政は覚えた。

老いた大将は表情を変えない。

……歌詠みに多くの歌をさずけた東山が、今日は恨めしい。お前はこんなに深い山であったかよ。

頼政は、一度大きく息を吸い、

「――退く。朝が来た以上、無駄死にになる。時は……去ったのじゃ」

渡辺省に、

「仲綱の許に伝令に走り退却の旨つたえてくれ。恐らく同じ判断と思うが」

仲綱も、やはり、同じ考えであった。朝日が氾濫する三井寺に退いた反乱軍は、真海のせいで出立が遅れた、裏切り者の真海を引っくくらねば、如何なる調略を仕掛けてくるかわからぬ、と考え、真海の宿坊に殺到した。

真海の手の者と衝突が起り、死者が幾人か出ている。

手下にふせがせた真海は、騒ぎに紛れて林に逃げ、一人六波羅に落ち、清盛に、反乱軍の全容、計画、召使が殺されたことなど、詳《つま》びらかな報告をおこなった。

夜襲の計画があったと聞いた宗盛は、

「たわけめ！　夜襲など、とうに我らは予期して十全の備えを取っておるわ。父上、機は熟しました。今日こそ、攻めましょう！　一気に叩き潰しましょう」

しかし、清盛は刃のような光を眼にたたえ、

「いや。連中は……動くかもしれぬぞ。いま少し出方を見るべし」

納得できぬという思いが宗盛の面貌からにじんでいた。

清盛は言い聞かせた。

「よいか。我らを恐れて三井寺を出て——丸裸になった頼政を討つ方が、遥《はる》かに楽なのじゃ。そもそも園城寺は後ろに山を背負い、正面に琵琶湖《びわこ》をかかえる。要害と言ってよい。物見の報告によれば、源三位入道めは、厳重に守りを固めておるとか」

万一苦戦すれば、諸国の源氏が呼応し……厄介な事態にふくらむ恐れがあった。

「なるほど……わかりました」

煮え切らぬ宗盛の言い方だった。清盛は息子に、

「そなたの如く気持ちばかりはやって相手に襲いかかる武士がおるやもしれぬ。左様な仕儀になならぬよう、郎党どもをおさえて参れ」

宗盛を下がらせた清盛は広い額に扇を当て、かすかな寂しさを孕んだ溜息《ためいき》をもらしている。

――重盛、そなたがいてくれれば……。


夜討ちの失敗、寺内の諍い、真海を取り逃がしたことは、反乱軍の士気を大いに削った。

帝をあらったという伝説を湛えた泉に沈鬱な顔を向けた頼政は、

「如何すべきと思う？」

傍らに佇んだ慶秀が、蜩《ひぐらし》の寂し気な声が飛びかう中、

「さればでござる。このまま三井寺におりますと……第二の阿闍梨真海が出るやもしれませぬな。

そして、それは誰だか……わからぬ」

山犬のような険しい面差しになる頼政だった。

「疑心暗鬼に駆られて同士討ちが起きた処に六波羅の軍勢が殺到したら一たまりもありませぬ。

しかも、山門も敵方」

父に似た細面を汗ばませた仲綱は、

「このままでは……宮様も危うい。動けと仰せになるのですな？」

「如何にも。御味方のおります南都で、戦を仕切り直すのは、如何でしょう?」

南都奈良は、町を挙げて以仁王に味方すると言っている。

仲綱が首肯する横で頼政が口を開く。

「……そうする他あるまい。このままここにおっては、座して死を待つようなもの」

仲綱が、溜息をつき、

「ただ清盛は……寺を出た途端襲い掛かってくる」

「わかっておる。神速で奈良まで駆ける。——宇治《うじ》の橋を切って落とせば、少々時がかせげるじゃろう」

この日の慶秀は鳩《はと》の杖にすがっていた。頭部に、鳩形をきざんだ、老人がもつ杖である。その慶秀、ひどく悔し気にうなずいて、

「己で献策しておきながら、その神速の行軍に、齢八旬を過ぎた、わしは同道出来ぬでしょう……。代りに弟子の俊秀《しゅんしゅう》、一来《いちらい》法師を供させます。俊秀は平治の合戦の折、六条河原《がわら》で討ち死した、前左馬頭《さきのさまのかみ》義朝の手下《てか》、山内須藤刑部丞《やまのうちのすどうぎょうぶのじょう》が忘れ形見。腕に覚えのある者にて宮様の警固につかって下され」

「何とも頼もしいお話。是非、お願いする」

頼政は頭を下げる。

三井寺にのこる者も当然おり、反乱軍は僅か千名となって、大和方面へ落ちて行く——。

頼政奔る、その知らせは斥候《うかみ》により瞬く間に六波羅にもたらされた。

「奈良に入れるな！　すわ、頼政を屠《ほふ》れ！」

入道相国清盛は、勢いよく立った。六波羅から宗盛の弟で武勇に秀でる知盛《とももり》、重衡《しげひら》率いる二万八千の大軍が、荒ぶる怒濤《どとう》となって凄まじい咆哮と共に放たれた――。

追手の濁流が後ろから押し寄せるのをひしひしと感じつつ、落人一千人は夏の街道を、南へ走る。

日差しは焼けるように熱い。

頼政の兜の内、羊歯革縅の鎧の中で、閉じ込められた暑さが、重く蒸されていた。

左手は、こんもりとした樫《かし》の樹叢《じゅそう》、右手は、青田だ。

と、以仁王が馬上でぐらんと上体を揺らした。

……居眠りしておられる。

以仁王は心労で幾日か眠れぬと頼政に話していた。

起そうとした刹那、以仁王が落馬している。

「宮様！」

瞠目し、面を青くした頼政が歳に似合わぬ素早さで下馬し、徒歩武者と共に手と膝をひどく打ちつけた王を助け起す。

「お怪我を……」

憔悴した以仁王は辛そうに、

「いや、よい。大丈夫だ。……面目ない」

詩歌、管弦、漢籍の知識に秀で、決して愚鈍ではなく、理知的な以仁王であったが、御殿の中で大切にはぐくまれた人なので、馬術は拙い。

また合戦は当然初めてであるから心配事も多かろう。

馬好きの仲綱や競などは、馬の上でしばし眠っても落馬などせぬのだが……そんな馬術を以仁王に望むべくもない。

頼政も輿《こし》にすべきか真剣に悩んだのだが、

――輿だと、確実に追いつかれるじゃろう……。

頼政の悩みを聞いた以仁王が、馬で行くと言ってくれたのだ。

頼政は郎党と一緒に以仁王を馬に乗せながら、

「頼政こそお詫びすべきです。橘の咲く安らかな御殿から……戦の火中に引きずり出してしまい……」

「歌詠みなら、ふさわしき言葉をさがして参れ。常に平家を恐れねばならぬあの御所の、何処が安らかか……？　それに、吾はまだ、敵の焚く火を一つも見ておらぬぞ」

「恐れ入りましてございます」

以仁王は馬上から見下ろし、

「吾はそなたに引きずられたわけではない。吾が……そなたに命じたのだ」

——違う。

鞍に腰を据えながら頼政は考える。

馬に、鞭を振るう。

……わしは誰にも命じられてはおらぬ。

後世の人は、己を、以仁王に命じられ、勝ち目のない戦を平家に挑んで散った哀れな老将と語るのだろうか。

……これは、わしがえらび取った戦よ。しかし……死ぬる前に後世にのこる歌をひねり出したいものじゃが。

どうにも気持ちが荒ぶり湧いてこぬ。

一行は宇治橋《うじ》をわたり宇治の町に辿《たど》りついた。

この間、以仁王は、幾度か落馬した。

頼政は王を平等院《びょうどういん》に入れて少しでも休ませねばならぬと考えた。追いつかれるかもしれない状況下での、ぎりぎりの判断だった。

「競、橋板をはずして参れ」

渡辺競に侍や僧兵衆をつかい橋板を三間分はずせと命じた。頼政は以仁王と、平等院に入っている。

と、

「平家だっ！　平氏が、来たぞぉぉ！」

橋の方から叫び声がした。

「様子を見て参ります」

以仁王に告げた頼政は、仲綱と、宇治川の南岸に向かう。

宇治は京と奈良の中点にあり、宇治川は琵琶湖が吐き出す瀬田川に、いくつもの流れがくわわった天下の急流である。

中ほどの橋板をはずされた宇治橋の北で赤い旗の波が荒れ狂い飛沫のような武者煙《けぶり》が立っていた。

――物凄い大軍だ。

「早くも、きおったか」

仲綱が呻き、頼政が、

「どれくらいおるかの？」

頼政らの周りでは源氏の白旗が翩翻《へんぽん》としているが、平家の赤旗にくらべれば断然少ない。小具足姿で作業を取り仕切っていた競が面の汗をぬぐい、

「二万は超えましょう。二万五千、いや、二万八千くらいか……」

「よう……差し向けてくれた、清盛。斯程《かほど》の大軍なら、負けて恥ではない。しかし左程にこの老人が怖いか？」

ふっと笑った老将は、深紅の旗の乱流を睨みながら、

「高倉宮様には南都に逃げていただく！　我らは、ここで盾となり、少しでも時をかせぐ。武名

の有り無し、我が一門の興廃、この戦いにかかっておると思え！　その方たちの武者ぶり、頼政ここで見ておるぞ」

頼政の兜が鍬形《くわがた》をきらめかせて放られる。

「暑さで、重い。これでは弱矢しか放てぬわ。……さあ、弓をもて」

重い兜を脱いだ方が——もちろん、楽に戦える。だが、危険はます。

目に涙を浮かべた小姓から滋籐《しげどう》の弓をわたされた老将は爽やかに笑んだ。

と——平家が三度、鬨《とき》の声を上げた。齢七十を超す頼政が聞いた覚えのないほど巨大な、声の塊だ。

味方の幾人かが怖気《おじけ》づいた顔になる。だが、頼政は、恐ろしいとは思わなかった。仲綱が、そして渡辺党の男たちが吠《ほ》え、味方が一斉に鬨の声を上げている。

赤い巨龍が、こちらに這うように、紅の旗を翻らせた敵大軍が、宇治橋の上を進軍してきた。きらきらした光を飛ばす赤旗があるのは、金色《こんじき》の蝶でかざられているからだろう。

味方は川の南岸で弓を引き絞る。

と、川をすすむ敵から、

「や、まて！　橋板がはずされておる……。止れ！　押すなっうつけっ、止れぇぇ！　橋板がない。止れぇぇ」

恐慌が、起き出した。

だが、一度はじまった大軍の突進、少々の騒ぎでは止らぬ。

必死に止ろうとする敵先鋒《せんぽう》の勇士たちが、がむしゃらにすすもうとする後ろから来る味方に押され、どんどん宇治川に突き落とされる——。

二百人の敵兵が川に溺れ、命を落とした。

頼政が、ありったけの声で、

「——射よぉおっ！」

源平大乱の火蓋を切ったと言われる宇治の橋合戦は、かくして、はじまった。

矢の雨が黒風を起し橋の上で混乱する敵に降りそそぐ。

敵が次々と斃れる。

仲綱に兼綱、渡辺党、そして三井寺の僧兵、大矢《おおや》の俊長《しゅんちょう》、五智院《ごちいん》の但馬《たじま》が射る矢は、盾、鎧を貫き通り、敵を討ち取る。頼政の矢は——盾に当ると止められてしまう。

味方は橋にいる敵に集中的に矢を浴びせ、北岸にいる敵はこちらに射かけてくるも、その矢はなかなかとどかぬ。

頼政が肩で息をしはじめ残りの矢数をそろそろ気にせねばならぬという時、五智院の但馬が、薙刀の鞘をさっとはずし、橋桁の上をそろそろ歩み出した。少しでも踏みはずせば川に落ちてしまうのだが器用にすすんでいる。

「あれ射取れや者ども！」

敵は、但馬に向かって一斉に、射る。

が、但馬は、高い矢は潜り、低い矢は、跳んでかわし、中ほどの矢は薙刀で払い、細い橋桁の上を敵の間際まで行き、猛然と薙刀を振るって戦い出した。

「但馬につづけぇ！」

渡辺競が弓を捨て白刃を抜く。

競を先頭に、渡辺党、そして、一来法師ら寺門の猛者が、橋桁の上を行く。

敵の矢が降りそそぎ、橋に上がった味方が何人も、血汁をこぼして、真っ逆さまに川に墜落するも――競と一来法師は但馬の傍、敵前までいたった。

但馬を斬らんとした薙刀の一閃《いっせん》を競が火花を散らして太刀で止める。

味方の勇士が橋の上で敵相手に奮戦し、血煙が盛んにしぶいた。

「あの者どもを死なすなぁっ」

仲綱が叫び援護の矢が敵に射られる――。

橋上で競は六、七人叩き斬る。だが、多勢に無勢、敵の薙刀が競を袈裟斬りにし、敵の鉞《まさかり》が一来法師の白い頭巾を紅染にした。

頼政が仲綱に目をやると、息子は弓を一時傍らに置き、面貌を歪めて手を合わせた。

競らを討った敵がはずされた橋板の両側、真に細い橋桁をつたって、こちらに迫る。

味方もさせじと――三途の川の上にかかったその細道に出、激しく速い流れの一丈以上上で、薙刀と薙刀がぶつかり、太刀と太刀が激突し、火花が散っている。

斬られたり、足をすべらせたりして、豆ほどに小さい影が、橋から川に落ちていく。

北岸から射られぬ平家は、橋の途中まで出て射ようとするも、射撃面は少ないため、思うような損害を源氏にあたえられない。横長の形で南に陣取る源氏は、密集隊形で橋に出てきた敵を射ているから、次々に敵兵を削っていた。

徒歩渡りを許さぬ宇治川の恐ろしい急流を堀とする頼政の作戦は図に当たった。


一方、平家側では——。

「まずいぞ、これでは頼政の思惑通りじゃ……」

総大将・知盛が顔をしかめた。

弟の重衡が、野太い声で、後ろに、

「伊勢の勇者ども！　その方たちの中に、この川を馬で押し通れる者はおらぬか！」

「…………」

宇治川の水勢が平家の旗本というべき伊勢武者たちの口を閉ざさせていた。彼らは水戦を得意とするため、舟さえあれば十二分な働きをするが、馬で急流を押し通るような真似はした覚えがない。

と——、

「どういたした方々！　天竺《てんじく》、震旦《しんたん》から援軍でも呼び、途方もなく長い時をひたすらまつ気にござるか？　我らが敵を討たず誰が討つというのか？——さ、すまぬがそこ、退いて下され。前に出ますする！」

緋縅、白糸縅、紺糸縅、萌黄縅、色とりどりの鎧に身を固めた伊勢武者どもを掻き分け、掻き分け、一人の武士がすすみ出ている。

さほど大きな男ではない。だが、猛々《たけだけ》しい闘気が厳《いか》つい面貌から漂っている。目は小さく、細い。いかにも頑強な顎に荒々しい鬚《ひげ》が生えていた。

「そなたはたしか……」

知盛が首をかしげると、鹿角の兜をかぶった男は、

「下野《しもつけ》国の住人、足利又太郎忠綱《あしかがまたたろうただつな》に候！」

「おお……そうであった又太郎。その方、左様な高言を吐くからには、この川を馬でわたれるのじゃな」

不敵な気配を漂わせた足利忠綱は、

「いかにも。武蔵《むさし》と上野《こうずけ》の境に、利根川《とねがわ》と申し候大河がござる！　この利根川……宇治川とは比べ物にならぬほど広く、深く、荒々しき川にござる。我ら東国の住人は……馬筏《うまいかだ》をつくって利根川を押し渡り、よく小戦をしてござる」

足利忠綱は宇治川に水飛沫を上げて馬を躍り込ませ、

「――我ら坂東武者に、敵を目にし、川をへだてる戦に、淵だの瀬だの選り好みする習いはあろうか！」

「なし！」

忠綱につづいて後方から出てきた下野、上野の騎馬武者たちがどっと応じた。粗末な鎧を着た者が多いが、無双の馬術で知られる武士たちだ。

「つづけや、殿原！　この川、利根川にいくほどか勝ろうか」

忠綱を先頭に野州、上州の武者どもが——どんどん馬を宇治川に入れてゆく。

「さあ、馬筏、お見せせん」

水飛沫にまじって忠綱の声が轟く。

「強い馬を川上に、弱い馬を川下にせよ！　馬の脚がおよぶ限り手綱をゆるめ歩ませよ。馬が躍り上がったら深いぞ。その時は、泳がせよ！　流された者は流されていない者の弓のはずに取りつけ。鐙《あぶみ》をよぉく踏め。馬の頭が沈んだら、すぐ引き上げよ。馬にはやさしく、水には強く当たれよ。決して、矢を射返してはならん！　敵に射られるにまかせい！　さあ、すすめぇっ」

さすが関東の武士は、馬の扱いにたける。密着した騎馬武者どもがかなり下流を筏のようになってわたろうとする様を見た頼政は、

「……坂東武者の馬筏じゃ。あれをわたすなっ！」

渡河して横腹を突こうとする馬筏を射殺すべく仲綱たちを差し向ける。

だが、敵の馬筏は——味方の矢をものともせず、川をわたってきた。何人か射落とされる者はいても、溺れ死ぬ者は一人《いちにん》も出さず、突っ込んできた。

……まずい、向うの闘気が、こちらの士気を押しておる。

さらに、坂東武者以外の敵、きらびやかな鎧を着た伊勢武者や西国武者も、見よう見まねで馬筏をくみ、川が破れんばかりの飛沫を上げて天下の急流に乱入した。

が、初めてくまれた馬筏は脆くも崩れ、色とりどりの鎧を着た侍が幾人も宇治川に流され溺れ

死ぬ者も出たが、それでも突進してくる猛者はいる。

その時には足利忠綱ら初めに馬筏をくんだ坂東武者およそ三百人が上陸。仲綱らに切り込んでいる。

乱戦がはじまった。

こうなると射られる矢が少なくなり、橋の上でも敵が押しはじめ、馬筏を崩しながらも伊勢や西国の武者どもが上陸してきた――。

「仲綱殿ご自害！」「兼綱殿討ち死に！」「渡辺省殿討ち死に！」

息子たちや股肱《ここう》の死が次々に老将の耳に叩きつけられた。以仁王を逃がすためには、もう少し粘りたかった。が、無理だ。平家の圧倒的な力は、今、摂津源氏を押し潰そうとしていた。

戦の荒波を、自ら太刀を振るい、返り血を浴びて掻い潜り、平等院を目指す頼政の心は、悲しみの谷に深く落ちてゆく。

その谷底に細小《いさら》な清流を見た。

意識下を流れる清流に、短冊が浮かんでいる。

歌が一首、書かれていた。

……ほう。無理にこねたのではなく、自ずと浮かんだ歌か。……よいぞ。よき歌じゃ。

敵を斬りながら「すき」の道を歩んできた老将は会心の笑みを浮かべた。

矢傷の痛みに耐えかねた頼政が腰を落とし、渡辺唱に、

「我が首討て」

と、命じたのは平等院の片隅――扇の芝と呼ばれる小さな草地であったという。

剣を抜いた浅黒い武士、唱は肩をふるわし、涙をこぼして、

「とてもお斬り出来ませぬ。……ご切腹された後、首を頂戴しとうございます」

「なるほどな」

西に向いて念仏を十ぺん唱えた老武者は先ほど心の谷から掬い取った歌を口にした。

埋木《うもれぎ》の　花さく事も　なかりしに　身（実）のなるはてぞ　かなしかりける
（わしの一生は、花の咲かない埋もれ木のようじゃった。そんな老人に実がなったと思ったら、その身の成れの果てこそ、何とも悲しいものよ）

かなしという言葉には「悲し」と「愛し」の二つがあり、「悲し」は、悲しい、悔しいという意味で、もう一つの「愛し」は、いとおしい、という意味だ。頼政は「悲し」のほかに「愛し」の思いも添えて詠んだ。

誇りを守るため巨大な敵に抗って散った己を褒めてやりたいという思いが、詠ませた歌かもしれぬ。

――ずっと後の世まで、とどいてくれよ。

頼政は鋭い剣先を肉が薄い皺腹に突き立てた。血が、どっと溢《あふ》れる。

頼政がこと切れた頃、奈良の僧兵たちは助太刀しようと北にすすんでいたが、以仁王はその先鋒の僅かに手前、光明山《こうみょうせん》の鳥居の前で——追いついた平家の騎馬武者どもによって、首を取られた。

こうして以仁王と頼政の反乱は打ち砕かれた。

ところが、以仁王の令旨は、野火の如く諸国に燃え広がり、伊豆《いず》の頼朝《よりとも》、木曾《きそ》の義仲《よしなか》など、諸国の源氏を立ち上がらせ、平家の天下を大いに脅《おびや》かすのである。

落日の木曾殿

――源義仲

寿永《じゅえい》三年（一一八四）一月。

源義経《よしつね》率いる二万五千の敵が伏見《ふしみ》辺りまで押し寄せた、という知らせを、源義仲《よしなか》は、何処《どこ》か遠くで聞いていた。

が、義仲はなまめいた香りに満ちた、閨《ねや》から出ようとしない。

先ほど抱いた伊子《いし》に酌をさせ、豪快に飲み干す。あっという間に乾いた大盃がざっと伊子の前に出され、濁り酒がためらいがちにそそがれる。

襖《ふすま》を開ければ、家来どもの怒りで赤黒くなった顔が――ずらりと並んでいよう。いや、もう既に、家来のほとんどは逃げて、いなくなっているやもしれぬ。

それならそれでいい、とさえ義仲は思う。

周りの気配など気にせず、金色の割り菱《びし》が散らされた真っ赤な几帳《きちょう》の傍で、酒をあおりつづける。

木曾《きそ》義仲の新妻、伊子は摂政関白をつとめた松殿基房《まつどのもとふさ》の娘であった。

基房は、勃興する平家と鋭く対立、一度朝廷を追われた公卿《くぎょう》である。

四年前、義仲は以仁王《もちひとおう》の令旨《りょうじ》に呼応して打倒平氏の兵を挙げるや、連戦連勝、怒濤《どとう》の進撃をつづけた。

去年秋、平家を都落ちさせて旭将軍《あさひ》と呼ばれた義仲が、信越、北陸の大軍を引き連れ、意気揚々と上洛《じょうらく》した折、後白河院《ごしらかわ》を中心とする朝廷は寂寥たる有様だった。平家昵懇《じっこん》の公家《くげ》たちが一斉に西に逃げたからだ。

不遇をかこっていた基房は義仲に娘を差し出して歓心を得、隙間風吹く朝廷の中、大抜擢《だいばってき》された。木曾からつれてきた巴《ともえ》という最愛の愛妾《あいしょう》がいるものの、先妻を亡くして久しい義仲は、朝廷との人脈、京の礼儀作法をおしえてくれる妻をもとめていた。基房としても後ろ盾になる武力が欲しい。

かくして義仲は伊子を娶《めと》ったが、ちょうどその頃から、義仲をめぐる状況、特に法皇との関係は悪化している。

原因は義仲軍の略奪蛮行。

義仲の兵士は、都の人々から、食料、衣類、秣《まぐさ》を強引に奪い、逆らう者には暴行をくわえた。女たちの安全や乙女の純潔も、奪われた。

当然のことながら都の公家、寺社、庶人から、激しい反発が巻き起る。強盗の群れに京を占拠されたようなもので平家よりたちが悪いと。

後白河法皇としても捨て置けぬ。

直ちに略奪を止《や》めるよう、院は義仲に命じるも――義仲は聞かない。

義仲軍は十分な下ごしらえをして上洛してきたわけではない。勢いにまかせて、北陸道を旋回、突風となって京まで吹きつけた、と言っていい。

平家を追い払って都入りしたものの、大軍を維持するための、兵糧や秣を供給する術《すべ》がなかった。略奪せねば兵と馬を生かせられぬという苦境に四万を超す義仲軍は追い込まれていた。また、義仲の中には——京で長いこと威張り散らしてきた一握りの者どもへの、拭い難い反発が燻《くすぶ》っている。

都で思う存分暴れたいという猛兵たちの衝動と重なる処《ところ》を義仲も持っている。

これが、彼が、略奪蛮行に寛容な理由だった。

義仲を諫《いさ》める者は院や公家たちの他にもいた。今井兼平《いまいかねひら》など、家来の中の常識派が、徒《いたずら》に蛮行を重ねては人心がはなれると、主に告げた。

が、義仲は、変らなかった。

——こうなると常識派がはなれてゆく。木曾谷で共にそだった股肱《ここう》の臣、今井兼平はさすがにはなれなかったが、多くの良識ある将が、国許《くにもと》に去った。

上洛して半年に満たぬ間に義仲の勢力は半減している。

敵の攻撃ではない。内なる事情によって。

結局、義仲の周りにのこったのは、兼平を中心とする信濃《しなの》衆など鉄の絆《きずな》でむすばれた勇士ども、松殿基房親子、盗賊の親玉のような男たち、だけだった。

武士の姿をした賊どもは義仲を、気前の良い大将よ、と盛んに褒めちぎる。義仲は自らの支持母体の歓心をつなぐため、より一層、略奪蛮行に寛容にならざるを得ず、朝廷や京の人々との対立は、さらに深まった。

勢いが陰った義仲軍は備中《びっちゅう》で平家と戦い大負けした。戦死者、脱走兵を多く出した。

そんな時、鎌倉《かまくら》で、周到に兵糧をととのえ配下に略奪させぬようじっくり支度してきた男が、重い腰を上げた。

源頼朝《よりとも》。

義仲弱体化を見極め、天下の大天狗《おおてんぐ》・後白河院から、

「——義仲、討つべし」

という密命をさずけられた頼朝は大手軍三万五千、搦手軍《からめて》二万五千、総勢六万の大軍を差し向けてきた。

大手軍総大将は頼朝の弟、範頼《のりより》。搦手軍を率いるは——同、義経。

いずれも若々しき大将で実力は未知数である。

東国から大軍迫る。

源氏の義仲を討つべく、同じ源氏が大挙してくる。

この知らせに義仲はさもあらんと思ったが家来どもは狼狽《うろた》えている。

あの、盗賊の親玉のような者たちは——一斉に夜逃げした。

故郷、信濃の兵《つわもの》を中心とする残りの兵は千四百人だが、内五百名は河内《かわち》に出ており、京にいるのは僅か九百人である。

六万対九百、絶望的と言えたが義仲には秘策《さく》が二つある。

一つは禁じ手――平家との同盟。

後白河院をつれて、西に落ちるから、受け入れてほしい、平家の将として、存分にはたらき、頼朝を討ってみせん。

斯様《かよう》な使いを義仲は、西にいる旧敵、平家におくっていた。

が、梨の礫《つぶて》であった。

平家は源氏同士の殺し合いを――笑みながら、注視しているようである。

二つ目の策が征夷《せいい》大将軍就任。

十日前、義仲は、渋る朝廷を脅し武家の棟梁《とうりょう》、征夷大将軍に任じられている。

力ずくで将軍職をもぎ取った義仲としてはその位が放つ威光で敵の目をくらましたい。味方をふやしたい。だが、目論見《もくろみ》は淡くも、崩れた。義仲が将軍になっても西の平家は無視しつづけ、東から殺到する頼朝軍は、左様な任官みとめられぬわ、と息巻き、遮二無二突進してくる――。

義仲としては、藁《わら》にもすがる思いで平家と交渉しつつ、関東から押し寄せてくる濁流を止めねばならぬ。

『――勝たなくてよい。わ主《ぬし》らが鬼神でも、勝てん。ただ、時を、かせいでくれ』

斯様な命を受けた股肱、今井兼平が、範頼率いる三万五千人が雪崩《なだ》れ込む近江《おうみ》に飛ぶ。その兵、僅か五百。

兼平は瀬田《せた》の橋を切り落とし要害をつくって範頼をまつ。

一方、伊勢《いせ》から伊賀《いが》へ抜け木津川《きづがわ》に寄り添うようにすすんでいる義経の二万五千、これを阻むには、宇治《うじ》が、適所。

対義経のため洛南宇治に走ったのも小人数《こにんず》の兵だ。

根井行親《ねのいゆきちか》、楯親忠《たてちかただ》ら三百名をつかわし、頼政が橋合戦をおこなった宇治橋を落とし、北岸に様々な罠《わな》をもうけさせ、止めようとした。

兵百に守られた義仲は兼平らが食い止めている間に何とか平家と交渉する。

――少なくとも三日……いや、五日粘ってくれ。平家とて愚かでない。俺が滅びれば次は己の番と気づこう。

義仲の期待は、あっという間に、崩れた。

鎌倉の大軍はたった一日で、瀬田、宇治の防衛線を突き破ったというのだ。

急報を受けた義仲は六条西洞院《ろくじょうにしのとういん》にある院の御所に走った。

平家の心底、いまだ見えぬが、あわよくば院を西に攫《さら》い――平氏に合流する気である。法皇は義仲の心を見抜いたようである。門は堅く閉ざされ、面会は拒まれている。

義仲の中で怒りが熱く燃え、冷たく見下ろしてくる門をぶち抜き、法皇をひっ捕らえようとすら思ったが、止めた。

――百人か。法皇の手勢にすら……苦戦するやもしれん。俺としたことが、何故こうも追い込まれておる？

実は去年十一月、義仲は後白河法皇と市街戦を繰り広げた。七千の兵を率いて仙洞《せんとう》御所（院の御所）を襲い、法皇の手兵を薙《な》ぎ倒し、法皇をそそのかしていると、義仲が見た院近臣など、百余名を斬殺、その首を五条河原に晒《さら》した。

あれから二月《ふたつき》、絶望的な苦笑が義仲の面貌を歪《ゆが》める。

——あの時、七千いた兵があれよあれよという間に百人。

義仲は今にも暴走しようとする武者どもを静め、息を潜める門前を退去する。新妻の許《もと》に向かった。

家来たちは義仲から下知《げち》を期待している。

西に走り、殺されるのを覚悟で、平氏に飛び込む、でも良い。北国街道を走り信濃にもどる、最早此処《もはやここ》までと腹をくくり鎌倉方に決戦を挑む、あるいは院御所の門を突き破り法皇を人質にする……とにかく、何でもいい。下知が欲しい。

が、義仲から、何ら次の一手らしきものは出ない。

木曾義仲とは——本能の人である。

その本能の人に、天は二物——天下無双の野獣の武勇と、あまりにも鋭い戦場勘をあたえた。

去年、天下をふるわせた、倶利伽羅峠《くりからとうげ》の戦いも、考えた末のものではない。勘で、勝った。常に兵書を傍に置いている兼平はいろいろ作戦を立ててくれたが全て一蹴。義仲は本能が正しいと告げる処にしたがい戦の大枠を練っている。兼平は義仲の戦が上手《うま》く疾《はし》走るよう細かな策を講じたにすぎぬ。

義仲の武と勘、兼平の智がくみ合わさった時、圧倒的な兵力を誇る平家の大軍は脆《もろ》くも崩れ——奇跡の大勝ちとなった。義仲の武名は大いに四海に轟《とどろ》いた。

兼平が傍にいれば、今、新妻の許に行こうとする主を、諫めたかもしれぬが、兼平は、近江に出払っていた。

本能で突きすすむ荒馬に手綱は無い。

義仲の本能は……。

——抱きたい。

寵愛《ちょうあい》する愛妾、巴は昨日、抱き、

『——落ちろ』

告げてある。もう京にいなかろう。義仲は「大将軍は自暴自棄になってしまったのでは」と疑う兵どもをつれ、新妻の館《たち》に入った。

公家娘はふくよかな体をした者が多いが、伊子はほっそりした華奢《きゃしゃ》な体つきの色白の女であった。父の基房が清盛《きよもり》に睨《にら》まれて追放された頃、食うにも事欠く暮しをしていたからかもしれない。左様な苦労をしてきた伊子であったが、さすがに摂関家の出、白い餅肌にしっとり染み込んだ品がある。

桜の蕾《つぼみ》のような乳首を荒く吸ってやると、嫌々と首を振る仕草がいじらしい。

「あの……斯様なことをしている暇《いとま》は……」

酒をそそぐ伊子の白粉《おしろい》は幾か所か舐め取られている。義仲の舌のせいだ。義仲は自分がこの女を可愛《かわい》くも思い、憎くも思っていると気づいている。

伊子は殊勝な態度で義仲に王城の地の作法をおしえてくれた。粗野な義仲は、飲み込みがひどく悪かった。ところが、伊子は馬鹿にしたりせず、親身になっておしえてくれた。深く感謝している。

憎いという気持ちはやはり伊子が公家、それも最上位の貴族の出だからだろう。

長いこと、自分たち田舎侍や辺境の百姓を蔑んできた都の権門を、義仲は嫌っていた。自分を追い詰めたのは頼朝の軍勢でなく、頼朝を呼んだ――京であると肌身に感じていた。具体的には後白河院、その陰謀に湿った御所に巣くう、公卿ども、女官ども。

伊子もまた、雅《みやび》の中に醜い湿りを隠した都でそだった人だった。だから、愛《め》でつつも、憎い。

――もう一度抱くか。

襖の向うから、

「何ゆえ……こうものびやかに打ち解けておられる！　敵は、既に、鴨《かも》の河原に迫っております。さあ、御下知をっ。このままでは犬死になさいますぞ！」

こらえ切れなくなった家来の苦言がぶつけられた。

若侍、越後中太家光《えちごのちゅうだいいえみつ》であろう。義仲は言う。

「短気だが、いい奴だ」

元より家来の言葉を聞くような男ではない。

義仲の行動を諫め得る者がいるとすれば、兼平と巴だけ。義仲がなおも出てこぬため深い失望が籠った家光の声が、

「ええい、さ候わば、先に参り、死出の山でお待ち致す！」

止めろ、という声、刀を抜く音、呻《うめ》き声、液体が床に垂れる音、幾人かがすすり泣く声がしている。

義仲は伊子に、

「酒」

「もうございませぬ」

「ならお前の唾を飲ませろ」

「唾……にございますか？」

恥じらう伊子を強引に抱き寄せた義仲は、桜唇《おうしん》からありったけの唾液を吸い取った。ほのかな蜜をまぜたような唾であった。

同時に義仲は重かった体が軽くなる気がした。

家来の誰それが逃げた、郎党を百人つれて逃げた、二百人つれて消えた、法皇と頼朝が何か企《たくら》んでいる、誰それが害意を……、斯様な話を次々に聞かされ、義仲の心はすりへっていた。宇治川と瀬田川の防衛線を破られたと聞いても、何処か他人事のような気がしている。

現実の自分でなく、昔物語の中に義仲という男がいて、そ奴の周りで、何かが次々と崩れ落ちてゆく感覚だ。

今、麻痺《まひ》していた義仲の心は——再び、活性化していた。

双眼が一気にギラつく。

狩人の罠で傷ついた虎が、荒野をさすらっていた。一瞬、途方に暮れた虎が辺りを見まわすと野良犬の群れが牙を剝《む》き、取りかこんでいた。その時の虎の気持ちに近いかもしれぬ。

本能が告げている。

——戦えっ。

伊子からすっとはなれ、衣に手をのばす。

まといながら、

「のう伊子。項羽《こうう》で……良かったか？　唐国《からくに》の鬼武者は。項羽も、将門《まさかど》も、為朝《ためとも》も、英雄豪傑と言われる男は、どんな敵にも狼狽えず、馬鹿騒ぎなどせず、酒にも女にも溺れず、いつもきびきび指図しておったんかの……？」

「………」

「違うのではないか？」

直垂《ひたたれ》を着ながら義仲は歯を剝いて楽し気に笑う。

「項羽も将門も為朝も、敵の大軍に狼狽えることもあれば、馬鹿騒ぎすることもあったろう。大酒を食らって下らぬしくじりもしたろうし、一人の女に溺れ、他の何も手につかぬ日々もあったに違いない。きっと、そうだ。——所詮そういう男どもよ。だが、時が経てば英雄豪傑に仲間入りする。まあ、見ていよ。百年二百年すれば、この義仲も日の本一の英雄豪傑と言われておるに相違ない」

伊子も、急いで身をつくろい、慣れぬ手をぎこちなく動かし、唐綾縅《からあやおどし》の鎧《よろい》を義仲に着せようとしている。

伊子は武士の妻になる以上、他の武士の妻がしているように夫の戦支度を手伝わねばならないと考えているようだった。

義仲は伊子の髪をそっと撫《な》でて、意外に穏やかな声で、

「慣れぬことを、すな。家来にやらす。……その方が早い」

伊子が唇を噛《か》んではなれると、ドンと、青畳を踏んだ大男は、襖を強く開けた。

越後中太家光が腹搔《か》っ捌《さば》き——腸《はらわた》をこぼして、突っ伏していた。

平家物語によれば、義仲はこの時、ただ一言、

「われをすすむる自害にこそ（俺を鼓舞してくれる自害よ）」

と、言ったという。

跪《ひざまず》いた家来たちは刃《やいば》が如《ごと》き目で義仲を睨んできたが義仲がまとう気を見て面差しをはっとあらためた。

——物凄《ものすご》い、闘気であった。

十人の屈強な男が漂わす気でも、足らない。圧倒的な猛気、溢《あふ》れんばかりの生命力が、木曾の闘将の巨大な体から感じられた。

五十人の荒武者の殺気を合わせて初めて、義仲の闘気におよぶかもしれぬ。

……このお顔が見たかった。このお顔にもどられるのを……ずっと、まっていた。

そう、思うたか。家来たちから義仲への怒りが消えてゆく。皆が皆、倶利伽羅峠の戦いの直前に見せた極限まで引き締まった相貌に変っている。

義仲はガラガラ声で、

「鎧を着せい」

若党が一人、すすみ出る。


赤地錦の直垂の上に唐綾縅の鎧をまとった義仲は三つ指をついた伊子を振り返り、

「――さらばじゃ。俺を、忘れろ。良き男、さがせ」

伊子の白い頰を一筋の涙が流れた。

「忘れませぬ」

義仲が表に出ると、大薙刀《おおなぎなた》をかかえた女武者が一人、仁王立ちしていた。

目は大きく、肌は浅黒く、気が強そうな獅子鼻《ししばな》。義仲よりずっと小柄だが、義仲に勝るとも劣らぬ猛《たけ》き気を放つ若い女であった。

巴御前――木曾軍の女騎《めき》（女性騎兵隊）を束ねる、豪の者である。武士どもが固唾を呑《の》む中、義仲と巴は睨み合っている。二人の間で、目に見えぬ稲光りが走っている。

義仲は巴に、

――何故、落ちなんだ！

怒れる形相で語りかけ、青筋をうねらせた巴は義仲に、

——どうして、今ここにっ。

巴が伊子の許に通う義仲を怒った例《ためし》は無かった。自らの身分を、わきまえていたからである。

だが、今日という大切な日に、ろくに下知もせずに、この館にいた義仲を——一人の武人として許せぬようだ。


平家物語は、云う。


容顔まことにすぐれたり。ありがたき強弓精兵《こわゆみせいびょう》、馬の上、かちだち、打物もッては鬼にも神にもあはうどいふ一人当千の兵者《つわもの》なり。究竟《くっきょう》のあら馬乗り、悪所おとし、いくさといへば、さねよき鎧着せ、大太刀、強弓もたせて、まづ一方の大将にはむけられけり。

(巴の容貌は、真にすぐれていた。なかなかいない、強弓を引く精兵で、馬の上であっても徒歩であっても、刀を振るえば鬼にも神にも引けを取らぬ、一人当千の勇者であった。荒馬を見事に乗りこなし、その馬術は、険しい山を自在に駆け下りるほどで、戦となれば義仲は、巴に良い鎧を着せ、〈屈強な男がようやく振るえる〉大太刀、強弓を持たせ、真っ先に巴を、一手の大将として向かわせた)


巴率いる女戦士たちは常に木曾軍の最前線で、血の泥沼を這《は》いずりまわりながら戦ってきた。

貴重な戦力であったが、義仲はこの女に生きて欲しかったし、巴の中にある別の命も守りたい——。

巴は義仲の子をやどしている。

巴が、手を動かす。反りが大きく身幅が広い大薙刀の石突きが地を叩《たた》く。

「——御大将。我らに、御下知をっ！」

殴るような言い方だった。巴は木曾谷にいた頃、義仲に大いに意見した。が、北陸武者が味方にくわわった頃から、義仲を立てようという配慮からか、特に人前ではあまり意見をぶつけてこなくなった。今は久方ぶりに昔の巴を思わせる面構えである。

義仲は、言った。

「兼平に、会いに行く！　——邪魔立てする小虫は、全て踏み潰す」

険しかった巴の面持ちが、やわらぐ。

巴は今、義仲から出た言葉がいかにも義仲らしいと思ったようである。

嬉《うれ》しげに、

「——ようございますな」

義仲は——兼平と、死ぬのは同じ時、同じ所でと、誓い合っていた。童の頃から共にそだった男との約束を果たしたい、木曾義仲だった。

白髯《はくぜん》を生やした老武士が口を開いている。

「東山《ひがしやま》の麓に……頼朝が舎弟、九郎《くろう》義経率いる二万五千が、充満しておりまする。これを突き破らんことには、今井殿の許に参れませぬな」

この都に――義経の母、常盤《ときわ》なる者がひっそり暮している、常盤を捕えれば、義経の鋭鋒、にぶるやもしれませぬ、と下らぬ進言をしてきた家来が、少し前にいた。義仲はその男を蹴飛ばして追放している。

乱暴者だが、左様な戦い方を好まぬのである。

義仲は、言った。

「義経を斬れば雑魚《ざこ》は飛散しよう。死にたくない者は、ここから落ちよ！　死出の山を踏み潰し、閻魔《えんま》の首を捩《ね》じ切り、その向こうに在るものを見たい兵《つわもの》だけ、俺につづけ！　今井を、さがす」

「おっおおおっ――！」

空が破れるくらい激しい鬨《とき》の声だった。巴をくわえた百人は誰も脱落しなかった。

義仲は、義経を狙い、僅かな兵を率いて都大路を走り、鴨川にすすむ――。

……兼平、今から参る。

稀代《きだい》の猛将は、友との約束を果たすため大軍を貫かんとしている。

ちょうどこの時、義経の許には少し前の義仲の動き――仙洞御所を脅しに行く――が、つたわっていた。義経は白皙《はくせき》の面を険しくし、

「院が、危ない……。最速の駿馬《しゅんめ》に乗る者、我につづけ！」

と、下知している。

京には、母がいる。

母とは幾年も会っていない。平清盛の妾となって義経たち兄弟を救った常盤は後に清盛の命で藤原長成《ながなり》なる者に嫁ぎ、洛中で暮していた。

義経は義仲に見《まみ》えた覚えはなかったが、母に手をかけるような男ではないと、粗暴なる敵将を何処かで信じている。

だから今、義経の胸は母の安否の確認ではなく、院の警固でしめられていた。

義経は、頼朝から、

『木曾の山猿の轍《てつ》は踏むな。――朝廷に、取りわけ法皇に気をつけよ。五畿内の人心を、敵にするな。略奪の停止《ちょうじ》はもちろん……向うが何を望んでいるか常に先回りして考え、手を打つように』

細やかな下知を、さずけられていた。

法皇に義仲の剛腕が伸びんとしている、西国か北国に引きずろうとしている、最悪の場合害意すら……。左様な事態が起きたら、兄の怒りは計り知れぬ。

青褪《あおざ》めた義経は太夫黒《たゆうぐろ》という黒駒にまたがる。

日本で最良の馬を産する国は陸奥《むつ》であるけれど、その陸奥で一の馬と言われたのが、太夫黒――藤原秀衡《ふじわらのひでひら》が義経に贈った馬だった。

「仙洞御所に向かう！」

義経率いる数十騎が法皇の許に急行する。鴨川に向かう義仲と鴨川からはなれる義経、両雄は、ぶつからずに、すれ違った。

黒い突風となった太夫黒についてこられたのは、佐々木高綱《ささきたかつな》の生食《いけずき》、梶原景季《かじわらかげすえ》の磨墨《するすみ》など、数頭。五十騎の兵が、洛中で義経を見失っている。

神速で六条西洞院に辿《たど》りついた義経の周りには、高綱、景季、畠山重忠《はたけやましげただ》など、たった数騎しかいない。

この、六人の勇士を見た仙洞御所の内部に、

「ま、また……義仲がもどって参った。殺される——」

という凄まじい恐慌が、巻き起った。

おびえ切った院近臣や女官たちであったが、義経の名乗りを聞いて落ち着き狂喜して中へ迎えた。

小柄な若武者、義経が彼の人生に大きな影響をおよぼすことになる天下の大天狗・後白河院と初めて見えたのは、この寿永三年一月二十日であった。

義経が法皇の御前に呼ばれた頃、義仲と巴は、恐ろしい矢風に吹きさらされていた。

鴨川沿いに幾重もの線状に展開した義経の二万五千は、今、本線から支線を発達させていた。つまり、都の要所要所を押さえる部隊を、動かしはじめている。

まさに枝を伸ばさんとする幹に義仲たち百人は忽然《こつぜん》と斬り込んだ——。

川の西にいた敵勢は、何者かもわからぬ百名の接近に、首をかしげた処、いきなり——義仲の

矢と大太刀、巴の大薙刀などに襲われ、脆くも、ぶち抜かれた。

が、これくらいの貫通で、びくともしないのが、坂東武者である。

水飛沫《みずしぶき》上げて鴨川に入った義仲たちに川の東にずらりと並んだ敵軍から、矢の雨が浴びせられた。

「あれぞ、木曾殿ぞ！　射落とし、首刎《は》ね、手柄とせぇいっ」

敵が喚いていた。先頭に立つ義仲と巴は、鎧の左の大袖、射向けの袖を前に出し、東から飛んでくる矢を受ける。

弓を射る時、左の大袖が、前に出る。射向けという。敵が射た矢を受ける時は射向けの袖を盾として出す。

坂東の騎馬武者、徒歩《かち》武者が飛ばした殺意の大雨が——射向けの袖や鍬形《くわがた》打ったる兜《かぶと》を土砂降りとなって襲う。高価な唐綾を惜しげもない厚みで縅《おど》した義仲の大袖が衝撃を吸い、鉄の星兜が火花を散らしている。

「巴ぇっ！」

鬼葦毛《おにあしげ》という木曾馬に跨《また》がった義仲は叫んだ。巴を思うと気が気ではない。バス、バス、バスと矢に当りながら、巴は、

「……何の、これしきの弱矢っ！」

軽いが、最強の札《さね》で縅した、燃えるような赤鎧をまとった女騎は、河原毛の馬を走らせていた。

弱矢ということはなかろうと義仲は思う。矢は正面、そして、川下、つまり東と南に広がった

敵から、黒嵐《こくらん》となって放たれていた。

二人の横や、後ろでは、次々に――眼《まなこ》や喉から血煙を噴いたり、胸板をわられたり、鎧の右、引合《ひきあわ》せという縦長の隙間を狙い撃ちにされ脇腹を破られたりした味方が、叫び、呻き、倒れ、転がり、飛沫を上げている。

目深にかぶった兜の下から義仲の鋭い双眼が敵を見まわす。

左前方から吹く矢風が、弱い。

見れば、大鎧を着た武者が少ない。

兜でなく烏帽子《えぼし》をかぶり、みすぼらしい筒袖の上に腹巻という簡素な弱鎧を着た兵たちが幾十人か固まっていた。全員、徒歩《かち》で、裸足《はだし》か草鞋《わらじ》履き。得物《えもの》は錆《さ》び刀や薙刀、あとは棒であった。

足軽雑兵だ。

この頃の足軽とは室町《むろまち》戦国の足軽と、意味、戦力、共に違う。

義仲の頃の足軽は――プロの傭兵《ようへい》でも常備軍でもない。戦の度に動員される者たちだ。武士の館で雑用や小作に従事している下人や、近くの村の百姓を、無理矢理つれてきて、なまくら刀や古い武器を持たせた者たちだ。また、戦国の足軽と大きく違うのは「槍衾《やりぶすま》」や「鉄砲の一斉射撃」など、武勇を無意味にし、どんな猛将の群れでも、一瞬で殺す……恐るべき集団戦法を、知らぬ処だった。

むろん彼らも群れで戦おうとする。薙刀や鈍刀《どんとう》や棒で一気に襲おうとする。が、何の訓練も受けていない男どもがなまくら武器をわたされて、さあ戦えと言われた処で統率は取れない。

強そうな奴《やつ》が二、三人殺されれば、後はおびえて、命惜しさに武器を捨て、逃げだす。

——あそこを衝《つ》く。

大太刀の切っ先が足軽どもを指している。義仲は、巴に、表情で、つたえた。

巴は躊躇《ためら》うような面差しを見せるも、薙刀で矢をはたき落としながら小さく首肯した。

武家の棟梁たる清和《せいわ》源氏の美学からすれば、恥、である。

が、このやり方でしか——兼平がいる近江に行けぬ。

義仲は正面、武州《ぶしゅう》の武士どもに駆け入る動きを見せつつ、ある地点で鬼葦毛の進路をひねり、水飛沫を蹴散らし、足軽どもに突進している。巴と七十人ばかりになった味方もつづく。

何の訓練も受けておらず、ろくな武器を持っていない歩兵五十人に、日夜武技を鍛錬し、切れ味鋭い刃を持ち、堅い鎧に身を固めた一団が——馬を躍り込ませた。義仲方にも足軽はいるが、ここまでのこった男は武士に取り立てて差し支えない猛兵だ。

義仲が熱い雄叫《おたけ》びを上げる。巴も、吠える。

物凄い大音声《だいおんじょう》であった。

声だけで腰が砕ける敵がいる中、身の丈六尺を超す、あばた顔の、手足がごつごつした足軽が、薙刀を閃《ひらめ》かせ、前へ出た。その不敵な顔は、「成りあがってやるぜ、あんたを殺してよ」と——笑っている。

中にはこういう男もいる。

その猛気漂う不敵の面《つら》を義仲の大太刀が真っ二つに裂く。そのまま流星の如く走った剣は、足軽の一団にはめずらしく冷静な面持ちで弓を構えた、毛皮の袴《はかま》をはいた男を、叩き斬った。狩人だろう。

巴は同時に馬脚を野太刀で斬ろうとした腕が太い足軽の首を、薙刀で、赤く掬《すく》った。

三人の男の死は――足軽どもに恐慌を起す。

「木曾殿！　我らを恐れて、足軽に斬り込むとは……」

「名が泣いておりますぞっ」

武州武士どもが馬をこちらに近づけんとするも、

「こら、お主ら、逃げるな！」

武器をすて、逃げようとする足軽の波に阻まれ、右往左往している。

木曾軍は足軽どもを蹴散らしてすすんでいる。

硬い鎧の隙間たる引合せから、やわらかい肉に短刀を刺したように――義仲率いる精兵は大軍の腹深くにぐいぐいすすんでいった。

前方、東側に――逞《たくま》しい甲斐駒《かいごま》がずらりと並んでいた。黒駒が多い。

馬上では、主に黒糸縅の鎧を身につけた、荒武者どもが、大薙刀や大鉞《まさかり》、並みの男二、三人でなければ引けない強弓、草刈り鎌の何倍も長い薙鎌、丸太などをたずさえ、舌なめずりするような顔で、義仲を、まっていた。

――黒い追洲流《おうすながし》が染められた夥《おびただ》しい白旗が翻っていた。

義仲と同族、甲斐の安田《やすだ》三郎《さぶろう》であろう。

良き、相手である。

——戦《いくさ》したい。

熾烈《しれつ》な気持ちが義仲に湧く。

しかし、義仲は今……兼平の許へ、行くのであった。男と男の約束を果たしたかった。

北方を、睨む。

武士の密度が薄い。

——義仲たちは、北に進路を変えた。

瞬間、甲斐源氏から怒号と共に矢が放たれ、また家来が射殺《い》された。

敵が少ない所を縫って行かんと河原を北に走る義仲だが、行く手から騎馬武者三十人ばかりがぶつかってきた——。突き抜ける他ない。

我討っ取らんという気迫が、敵武者の大鎧から、燃え上がっている。

放たれた矢を身を低めてかわす。

六条高倉《たかくら》、伊子の家から駆け通しの鬼葦毛の興奮が、鞍《くら》越しにつたわってくる。

熊手が、黒い疾風《はやて》を起している。目が細く口髭《くちひげ》を生やした、青鹿毛に跨った武士が、鎖を巻いた黒い熊手で義仲の首を引っかけんとしていた。

萌黄《もえぎ》縅の鎧をまとったその男が、太い声で名乗るも聞き取れぬ。

大太刀で払った義仲は相手の兜目がけて凶刃を下ろす。火花が、散った。

——ッ！

衝撃でふらついた相手は、馬から、転がり落ちる。首など取る気はないから鬼葦毛で踏み潰してすすむ。

また、矢が射られる。

さっき射てきた武士だ。弓の名手と見える。

大太刀で矢を弾《はじ》いた義仲は――弓の精兵から見て右、死角にまわり込もうとした。

察した相手は、鮮やかな手並みで、大弓を左手に引っかけつつ右手で剣を抜き、義仲目がけて栗毛の駒を驀進《ばくしん》させている。

……見事。籠手《こて》を斬る気じゃな。

読んだ義仲は鬼葦毛をあっという間に近づけ、相手が攻撃するより疾《と》く、栗毛の馬の顔面に太刀を叩き込んだ。

馬から血煙が立つ。

奔馬はどうっと倒れ、敵も、地に放られる。

義仲は薙刀で襲ってきた今の武士の若党の首を大太刀で刺しつつ鬼葦毛をくるりとまわす。さっと、もどり――落馬した敵の体に、奔馬を、乗り入れた。

蹄《ひづめ》の下で悲鳴と硬いものが砕ける音がひびく。

また、馬首を転じ、喚きながら馬上から太刀を振ってきた敵を、すれ違い様に斬り捨てる。

義仲は鬼神の如く戦った。幾人も薙ぎ倒し、斬り捨てた。

巴の働きも――物凄い。

赤い女騎が、大薙刀を振るい、河原毛の暴れ馬を突っ込ませる度、血の旋風が荒れ狂い、五臓六腑の泥濘《でいねい》が生れた。

巴が跨る馬は巴以外、誰にもなついていない。義仲にすら平気で嚙みつく悍馬《かんば》の上で、この女、手綱から手をはなし、両手で大薙刀を持ち、相手の顔を突き、馬を攻撃しようとする徒歩の者の頭を真っ二つにわり、水車の如くまわして、矢を払い、すれ違い様に騎馬武者を薙ぎ、馬から叩き落したりしている。

鬼神が二人いたおかげで武者がつくる壁を突き破った。

この時点で、味方は、五十人になっていた。

鴨川の東を北にひた走る義仲たちを、敵勢はさらに四度、武者の堅壁をつくって阻むも、木曾勢は大きな犠牲を払いながら全て貫く。

義仲、巴は、たった十一騎となりながら、敵がいない所に躍り出た。

鴨川がすぐ傍《そば》を流れていて左前方に三条の橋が見える。

右に行けば、東海道、兼平がいる近江に出る。

……近江に、落ちられる。近江からは信濃や北陸に行ける。兼平と巴がおれば、二万の兵がおるにひとしい。俺は……十分、再起出来る。

厚い胸の下を希望がかすめた。

その時だ。

――――！

義仲の左にいた老武者の鼻が真っ赤に壊され、何かが勢いよく飛び出、黒革肩赤緘の鎧を着た小さな体が河原に吹っ飛ばされている。

凄まじい矢だ。

「諏訪《すわ》の……爺《じい》っ！」

義仲は絶叫した。

振り向く。

斜め後ろ、向う岸を、四十騎近い敵が、武者煙《けぶり》を立てて駆けていた。

先頭は、大柄な義仲よりもさらに体が大きい威風をまとった若武者で、青き鎧をまとっていた。跨る糟毛《かすげ》の大馬は足がやけに太い。幾人も蹴殺してきたような凶暴そうな馬だ。

兜の鍬形をきらめかせた、紺糸緘のその武士が、諏訪の爺を射殺したのだ——。

青き武士が、また、射る。

同時に、最後尾、烏帽子をかぶり、四白《よつしろ》の馬に跨った侍が、後ろ首から喉を突風に貫かれて即死。

そのまま飛んだ矢は巴の背に勢いをたもったまま当った。

義仲は言葉にならぬ咆《ほ》え声を上げた。

巴が大丈夫、と、首を振る。

紅《くれない》の女武者は——いつの間にか、満身創痍《まんしんそうい》となっていた。鎧の大袖には矢が幾本も立っている。ほとんどは鎧が止めたが、中には肩を傷つけた矢もあり、腕が血で汚れている。太腿《ふともも》も薙刀で斬られたようだ。銀の巴模様を散らした衣が赤く染められていた。痛ましい姿であった。

――やはり、何としても、落とすべきだった。

悔いが義仲を襲っていた。

昨日、義仲に抱かれた巴は、囁《ささや》いている。

『今日初めて……お腹《なか》を蹴って……。強い力だった。……あたしには、わかります。この子は、男子《おのこ》』

そう言った巴は笑っていたけれど泣きそうだった。決して涙を見せぬこの猛女のそんな顔を、義仲は初めて見た。

――産んでほしい。

義仲の嫡男、義高《よしたか》は頼朝の許に人質に出していたが、この子の命はもはや無きにひとしいと思っている。他二人の幼子は山伏や僧に託し既に落としてあるが、この二人に、頼朝に一太刀浴びせる気概はない。

……もし、俺が死んだら、俺の仇《かたき》を取れる子は巴にしか産めん。

故に昨日落とそうとしたが巴は自らの意志で戦場《いくさば》に躍り込んできた。巴は戦場こそ、己が花咲かす所と心得ている。

――巴は俺と死のうとしておる……。

また、義仲の後ろで、家来が一人、射落とされた。

義仲は、北に鬼葦毛を走らせつつ、鴨川西岸をつかずはなれず追尾してくる、青鎧の武者を憤怒の顔で睨む。もどって、斬り伏せたい。が、義仲がそれをすれば家来はついてこざるを得ず、せっかく振り切った大軍につつまれ、滅ぼされよう。

と、家来の一人が、手綱をぐいと引き、

「巴御前に矢を当てた男、やはり許せぬなっ！」

浅紫縅の鎧で、小兵《こひょう》。かなり出っ歯で鼻が潰れ、しょぼくれた鯰《なまず》髭を生やした風采が上がらぬ侍だ。

「行くな山本《やまもと》冠者《かじゃ》！」

鋭く叫んだ義仲は馬速を緩め巴もそれにならう。

義仲が止めたのは山本冠者義経。

近江の、人である。ほとんどの近江衆は義仲の許をはなれ、今、義仲軍はほぼ信濃衆であったが、只《ただ》一人、近江人がのこっていた。それが山本義経である。山本義経の姓は……「源」であるから、義仲を滅ぼすべく、鎌倉から二万五千の兵を率いてきた頼朝弟の源義経と――同姓同名だ。以仁王の令旨に応じて挙兵するも時に利あらず、追い詰められ義仲軍に身を投じた男だった。この山本義経、顔は醜いが、知勇兼備の士で、特に水戦と奇襲を得意とする。ただ、外見に、至上の価値を置く、京の貴族たちからは散々、嘲けられてきたようである。

だからだろうか。山本義経は、義仲が粗野な物言い、武骨な態度で、都の権門から蔑まれ孤立する度に、憤怒の目で貴族たちを睨んでいた。そして深い同情が籠った目で義仲を見ること度々であった。

ちなみに、山本義経と、この戦で歴史に殴り込む、鎌倉から新しく来た源義経を、京の公家たちは混同する。「頼朝の弟、義経は……出っ歯の醜い男というぞ。麿《まろ》は左様に聞いた」などという噂《うわさ》が、広まってしまうわけである。

義仲は山本義経を高く評価し、新参であったが重んじてきた。

山本義経は、馬首を転じ、

「恋路に不案内のみどもにござるが……久方ぶりに真の恋を致した！　道ならぬ恋、許されぬ恋にござる。巴殿、貴女に恋を致した！　大将軍、お許しあれ。一度たりとも、不埒《ふらち》な真似《まね》はしておりませぬわい」

からりと笑い、

「あの男、討って参るっ！」

巴の背に矢を当てた男を斬るべく——山本義経は鴨川に馬を入れ、浅紫の風を巻いて、逆走している。

刹那、青き鎧を着た鬼柄者《おにがらもの》から殺気の旋風が吹きつけられ、小さな体は暴風に殴り飛ばされた枯れ木のように跳ね上がり、後頭部を強く打つ形で、水飛沫を上げて鴨川に落ちた。

山本義経の顔には矢が深く刺さっていた。即死であった。

巴が、瞑目《めいもく》しながら手綱をぐいと引き、深く息を吸う。その時、巴の体から電光がめりめりと放たれたように見えた……。義仲たちは三条大橋の袂《たもと》に来た処だった。

巴は、目を開けて、言った。

「――あたしがふせぎます！　お逃げ下さいっ」

「止《よ》せ、巴ぇ――」

義仲が止めるも、赤い女騎は、止らぬ。くるりと馬をまわし水飛沫と共に川に入り元来た方へ雲霞《うんか》の如く敵がひしめく方へもどってゆく――。義仲が鬼葦毛を止め家来五騎も急停止している。

ざば、ざばと川を逆走した巴は、大薙刀を、敵全体を斬るように激しく横振りし、矢が立った肩を怒らせ、鬼が腰を抜かしそうな目で東国の軍勢を睨み、

「――雑魚は、手を出すなっ！」

声という雷を、鴨川に落とした。

その瞬間、義仲も五人の木曾武者も、鎌倉方の大軍も、固唾を呑みながら、固まった――。

否、一人をのぞき。

紺糸縅の武者。

――ザバン。

彼《か》の者だけが、鴨川に糟毛の馬を入れ巴に静々と近づいたが、あとの男は――敵味方を問わず、追うことも、逃げることも、忘れた。一歩も動けず凍っていた。

全視線が巴と紺糸縅の大男にあつまっていた。

両者は、数間をへだてて睨み合っている。

赤い女武者は凄まじい声で叫んだ。

「――名くらい、聞いていよう？　木曾谷の巴とは、あたしのことっ！」

青き武人は、巴に負けぬ猛気を放ち堂々と言った。

「名高き巴御前を間近に見られ、恐悦至極に候。桓武《かんむ》天皇より四代の後胤《こういん》、鎮守府将軍・平良文《たいらのよしふみ》が末葉《ばつよう》、畠山庄司《しょうじ》重能《しげよし》が嫡男、畠山重忠と申す者也！」

畠山重忠——武蔵国《むさしこく》最強、と言われる男である。

重忠はさっき、搦手軍大将・源義経と共に後白河院の御所にいたはず。あの後、義経は、義仲の逃走を危ぶみ、重忠に急追させた。重忠はまず伊予の館に向かい、義仲の動きを知り、鴨川に現れた。

畠山重忠は、弓を捨てて、厳物《いかもの》造りの大太刀を抜き、

「——参るっ！」

赤い突風と、青い猛気は——互いを屠《ほふ》らんと、急接近する。二方向の連続的な水飛沫、川下へ行く飛沫と、川上へ行く飛沫が、立った。

巴は重忠から見て右に行くと見せかけて、刹那で左にまわり大薙刀をまわす。

が、太刀が、薙刀を撥《は》ね上げる。

同時に重忠の馬は、命じられてもいないのに、巴めがけて突進し、主を助けている。

……驚異の馬術だ。人に指図される前に、馬が、どう動けば敵を追い込めるかわかっている。

そういう訓練をこの男と馬は武蔵の野で幾年《いくとせ》もつづけてきたのだ。

咆哮《ほうこう》を上げた重忠は浮き上がった巴の脇を――剣で突かんとする。

今度は、巴の馬が急加速し、主を助けている。

剣は、巴の背をかするにとどまった。

馬をまわした巴と重忠はきっと睨み合う。

「……おおおっ――」

大軍が、どよめいていた。京が、鳴動していた。敵も味方も二人の武を心底からたたえているのである。

畠山重忠は静かなる面差しで巴を見ている。

「御怪我《おけが》を……されておられるな」

いたわるような言い方であった。巴が、斬り込まんとすると、重忠は刀をガチャンと鞘《さや》におさめ、

「それがしがお相手したいのは十全の巴殿。勝負、あずけた。行かれるがよい!」

凜々《りり》しい表情で、告げた。

巴は重忠を鋭く睨みながら馬を義仲の方にもどす。

すれ違い様、

「重忠……いつか、はっきりさせよう。勝ち負けを」

「――望む処にござる」

巴は、バッと馬を走らせ、義仲たちに合流した。僅か七騎となった木曾軍が東海道を東に駆けていく。

重忠は、土煙を立てて追おうとする味方の大軍の前に出て、

「行かせてやろう！　御身らも……御覧《ごろう》じたはず。わしと、巴殿の勝負、宙に浮いておる。この宙に浮いた一戦の邪魔立て、重忠、何人《なんぴと》にも許さぬぞ。もしどうしても追うという者がおるならば……よかろう、某がお相手致す」

重忠が追撃を止めてくれたため——義仲、巴ら七人の騎馬武者は、蹴上《けあげ》から山科《やましな》へ抜け、蟬丸《せみまる》が住んでいたという逢坂山《おうさかやま》を越え、近江まで落ちた。

義仲主従七人は大津の東、打出《うちで》の浜という寂しい沼沢地にやって来た……。琵琶湖《びわこ》の南、琵琶の頸のような水域に面した浜である。

と、行く手から鮮血を思わせる西日に照らされ、見るからに疲れ切った軍勢五十人ばかりが近づいてきた。先頭は二人の騎馬武者で一人は沢瀉縅《おもだか》の鎧をまとい、長い竿《さお》を持っていた。竿のてっぺんで、血で汚れ、ボロボロになった白旗が巻き細められている。もう一人は白糸縅の鎧をまとった、すらりとした武士だった。

白鎧の武人《もののふ》をみとめた義仲の双眼から歓喜がにじむ。

……兼平っ！

巴も、胸がはち切れそうな顔をしていた。

東に向かう義仲たちの馬脚が一気に軽くなる。今まで、足を重たげに引きずっていた向うからくる五十人も、義仲ら七騎をみとめるや、かすかにどよめき、小走りになり、近づいている。

「兼平っ！」

「我が君ぃっ！」

面貌を輝かせた義仲は兼平と寄り合うや手を取った。巴が、手をかんばせに当てる。落日に赤く照らされた今井兼平は、涙を流していた。二歳で親を亡くした義仲は兼平の母にそだてられた。二人は、兄弟同然であった。

義仲は、兼平に、

「鴨の河原で死ぬるかと思うた。……ただただ汝に会いたい一心で敵の中を駆け割り、駆け割り、ここまで落ちて参ったわ……」

兼平は面貌を歪め、肩をふるわし、涙を幾粒も落とした。

この時、今井兼平は次のように、言った。

「御諚《ごじょう》まことにかたじけのう候。兼平も瀬田で討ち死に仕《つかまつ》るべう候ひつれども、御ゆくゑのおぼつかなさに、これまで参って候」

「我らの約束……朽ちていなかったな」

枯れた葦の合間から赤い顔料を落としたように燦然《さんぜん》と輝く琵琶湖が見えた。義仲はふと――己の一生はこの時のためにあったような気がした。そしてこれ以上、生きても、暗く長い道があるだけのように思った。先程は再起と復讐《ふくしゅう》を視野に入れていたが、逃避行は惨憺《さんたん》たるものとなる。落ち武者狩りを恐れ、百姓から食を請い、逃げのびていく。その百姓がいつ裏切り者になるか、わからない。時には強盗の真似をすることもあろう。

兼平は北を指し、

「西近江を北に駆け抜ければ北国街道に出られます」

再起をうながしている。巴も、大きく、うなずく。兼平がなおもつづけんとすると義仲の大きな手が止めた。

「名も無き下郎の手にかかり、我が武名を汚したくない。西近江には、我が陣から消えた近江衆……」

頼朝軍迫ると聞いて、いつの間にか消えた輩である。

「落ち武者狩りの百姓ども、山法師どもが、手ぐすね引いてまっていよう。特に、あの山は――」

義仲は落日に照らされた比叡山《ひえいざん》を仰ぎ、

「わしを、仇と狙《ねろ》うておる」

義仲は後白河法皇の御所、法住寺殿《ほうじゅうじどの》を攻めた際、たまたま法皇の傍にいたある一人の老僧を殺害した。

比叡山延暦寺《えんりゃくじ》の頂に立っていた天台座主《ざす》・明雲《めいうん》である。高徳の僧たちはもちろん、多くの僧兵に慕われていた老僧だった。

「範頼、義経も、猛然と追ってくる。……坂東には畠山重忠が如き猛者《もさ》が幾十人も、おる。到底逃げられぬ」

兼平の唇が、一度、ぎゅっと、むすばれる。

「では——」

「良き相手に駆け合うて、大軍の中、討ち死にしたい」

「——承知っ！」

兼平はさっきの我が言葉をすっぱり叩き斬った。

巴が、言う。

「お供します。地獄にも」

「ならぬ！」

義仲から、鋭い声が、放たれた。はっとして唇を嚙んだ巴に義仲は厳しく、

「おのれは、落ちよ！　西近江から、北陸道でも何処にでも」

兼平に共に死のうともとめている以上、巴に生きて欲しいとは言えない。

巴は青筋を立て面貌を真っ赤にし、

「——嫌です！」

「許さぬ」

巴は声をふるわし、辛《つら》そうに、

「今井殿とは共に死ぬと約束し……どうしてあたしだけ、一緒に行ってはいけない……」

「どうしてもこうしてもだ！　去れっ」

巴は礼儀をかなぐり捨てて、野性の本性を剝き出しにし、

「何度嫌だと言えばわかるっ。この巴、百万人の殿が此処にいて、消えろと命じても、消えませぬ！　既に、存念は決めました。――共に戦うとっ！」

今井兼平、少しおどけて、

「我が君が百万人もおられればこの戦、勝ってしまうの……」

敗残の五十数人は、疲れ切った顔を、一気に破顔させ、

「実に、実に《げ》！　百万人おられれば勝ってしまうわ！」

「わっはははははっ！」

どっと、哄笑《こうしょう》している。巴も義仲も怒りながら笑う顔になっている。

と――早くも、瀬田を押し破った敵が、ひしひしと殺到してきた。その数、およそ、六千。

兼平は面差しを暗く引き締め、

「さては、よい敵にござる！　甲斐の一条次郎《いちじょうのじろう》殿に候！」

赤い夕陽に照らされた義仲は、凄絶に笑い、

「相手にとって不足はない」

義仲、兼平率いる五十数名は甲斐源氏の猛兵どもに近づく。大薙刀を持った巴ももちろんついてきた。

――突っ込む。

猛烈な夕陽に照らされる中、斬って、斬って、斬りまくった。血の嵐が琵琶湖畔に起った。

平家物語は、云《い》う。

あそこでは四五百騎、ここでは二三百騎、百四五十騎、百騎ばかりが中をかけわりかけわりゆくほどに、主従五騎にぞなりにける。五騎が内まで巴はうたれざれけり……。

義仲、巴、兼平、そして、手塚太郎《てづかのたろう》と手塚別当が、生きのこっている。

日は既に姿を消し辺りは薄暗くなっていた。

義仲たちは、気が付くと、取入れがすんだ粟畑《あわ》の上で戦っていた。大地に斃《たお》れた沢山の屍《しかばね》が、種蒔《たねま》きまでまどろんでいた畑の土を、驚かせていた。

粟津《あわづ》の里である。

天武《てんむ》天皇に粟飯を献上したという言い伝えがある里で、日吉《ひえ》社の祭りに粟御供を備進する仕来りをもつ。

南方に竹藪《たけやぶ》があり、その手前にちらばる敵勢が、やや薄い。あそこを突けば巴を落とせるという考えがさっと瞬いた。

義仲は言う。

「ここが……冥土の入り口よ。巴、おのれは落ちよ」

巴は失望したように、

「何度っ……」

さえぎって、強い気持ちを込めて、

「――産んでくれ。俺の血を、のこしてくれ」

巴は、唇を嚙む。

「義仲最後の願いぞ、巴。俺の亡き後、俺の子をそだてるのも、一つの戦ぞ！　長く辛い戦ぞ。その長戦、する度胸が無いか？」

「……………」

巴の左手が紅の鎧の腹の所にふれる。唇をふるわした巴は、潤んだ瞳で、義仲を見詰めた。

――蹴ったようである。火山が爆発するが如き声で、

「――最後の戦、してみせん！」

叫ぶや否や、巴は竹藪の手前、御田八郎師重《おんだのはちろうもろしげ》という剛の者が率いる三十人ほどの敵の中に喚《おめ》きながら駆け込み、薙刀をまわして、幾人もの男を叩き斬った。薙刀がおれるや八郎の馬に己の馬をぶつけ八郎を手で摑んで引き寄せ、短刀で首を捩じ斬っている。そして、八郎の太刀を奪い、血路を開き――駆け去った。

それを見届けた瞬間、手塚太郎が義仲の盾になり、矢の雨を浴びて斃れ、手塚別当は足軽の群れに斬り込んで見えなくなった。

遂に兼平と二人だけになった。義仲は向かってきた薙刀の騎馬武者、大鉞の騎馬武者を屠り、

「今日は鎧が重い……」

「何を弱気な。兼平一人で余《よ》の武者千騎と思《おぼ》し召せっ！　松原が見えましょう？　粟津の松原と申しまする。我が君よ……あの松の中で……」

――自害をすすめられた。

義仲はうなずき、二騎は轡《くつわ》を並べ、松原を目指している。と、右手から――手強《てごわ》そうな敵が五十人、咆哮を上げて、押し寄せてきた。

叫ぶ兼平に、

「君はあの松原へ入らせ給《たま》え！　兼平はこの敵、ふせぎ候はん！」

「何を申す！　俺がここまで落ちてきたのは汝《なんじ》と一つ所で死ぬためぞっ！　別々の所で死んだら意味がないのだ」

義仲も五十人の敵に突っ込もうとする。兼平は怒りの形相で、

「弓矢取りはいかなる高名を得ても、最期の時、不覚を取れば長き疵《きず》になり申す！　もし、名も無き男に、日本一の高名を打ち立てた貴方《あなた》様が討たれれば、貴方様の疵にも、兼平めの疵にもなり申す！　疾《と》く、疾く、松原へお入りをっ」

必死に言葉をぶつけてきた。

「……わかった。兼平、また会おう」

「ええ。すぐに、参りまする」

粟津の松原の先にあるものが冥府魔道か、極楽浄土か、知れぬ。だが、ともかく、兼平とまた会う約束をした旭将軍は夕闇の底に沈澱した松原に馬を走らせる。

兼平は義仲を討たんと雪崩を起こす武者ども足軽どもの前に馬をまわし鐙《あぶみ》の上に立った。眼を燃やし、大音声で、

「噂には聞いていよう！　今は目に見るがよいっ！　木曾殿の御乳母子《めのとご》、今井の四郎兼平、生年三十三っ。兼平討って――鎌倉殿の見参に入れい！」

「おおっ……」「あれが……兼平かっ」

殺到する敵に八本だけのこった矢を高速で射――八人を射殺す。すかさず、太刀を抜いて、突進する。修羅のように斬りまわると、敵は、

「遠巻きにして、射殺せ！」

散々に矢の雨を降らせ、兼平は針鼠《はりねずみ》の姿となるも、兼平に惚《ほ》れ込んで鎧の町、奈良から木曾に移り住んだ腕利きの職人がつくった白い鎧は、強い。なかなか致命傷を負わぬのだった……。

薄暗い枯れ葦の林立の向うに、松原が見える。義仲は葦の手前、畑らしき所に、馬を乗り入れた。

利那――メキメキッと、何かがわれる音がして、飛沫が周りに立ち、鬼葦毛は頭まで見えなくなり、義仲の腰にまで、泥水がきた。

義仲がはまり込んだのは深田であったと言われる。深田とは、大人が溺れるほど水が深い田で、

田舟に乗って、農作業をする。そこに、白米の稲は植えられず、赤米の種を蒔く。赤米は、白米より味が悪く、茎が長い。粟、稗《ひえ》と同じく、庶人の食べ物だ。

薄氷が張った深田にはまったと気づく。急いで鬼葦毛を動かそうとするが、泥に深く足が沈んでいるらしく、水の中で必死に暴れるものの、そこを動いてはくれない。義仲は焦りを覚えた。友を振り返る。

瞬間、額に、凄まじい衝撃が走っている。――矢が深々と刺さっていた。血がどっと目に流れ視野をふさぐ。義仲は深田に溺れた愛馬にうつ伏す形になる。

その時、幾人もの男が、喚き声を上げながら、溺れるのも厭わず、深田に入ってくる気配があった。斯様な悪所を動くのになれている様子だ。

足軽どもである。

……俺を殺すのは、足軽か。最後に兼平に会えたことで、よしとすべきか。

猛将は幾本もの薙刀や熊手でしたたかに斬られ、殴られ、闇に落ちた。

――旭日昇天の勢いで天下に旋風を巻き起した木曾義仲の最期であった。

奮戦しながら、義仲の死を見た兼平は、稲妻に打たれたように身震いしている。もはや、戦う意味がこの世から全く消え失せたと、悟《さと》った。

十重二十重《とえはたえ》に敵に取り囲まれた兼平は面貌を歪めて叫んだ。

「見給え、東国の殿ばら――日本一の剛の者の自害する手本！」

太刀を口にくわえるや馬から飛び降りる。

地に叩きつけられるや、剣が、命を貫いた。

その時、ちょうど日が落ちて、粟津の戦いは、終った。

巴は――無事に東国に落ち、義仲の男児、義宗《よしむね》を産んだ。
伊子は父の命で鎌倉時代の朝廷を動かした怪物、土御門通親《つちみかどみちちか》の側室となる。通親と伊子の間には子が生れる。一説には、この男の子こそ、日本の禅を深化させ、曹洞宗《そうとうしゅう》を打ち立てた傑僧、道元《どうげん》であるという。

しずのおだまき

――静御前

血色に色づいた庭の楓《かえで》を睨《にら》む静《しずか》の中に、恐れが、ふくらんだ。土佐坊昌俊《とさのぼうしょうしゅん》は義経《よしつね》を討ちにきたのでないかという恐れが。静のきりっと大きい眼《まなこ》の中で、疑惑の焔《ほむら》が揺らぐ。

土佐坊は鎌倉《かまくら》の二品《にほん》、こと源頼朝《みなもとのよりとも》の、股肱《ここう》の臣である。もとは渋谷金王丸《しぶやこんのうまる》といい頼朝や義経の父、源義朝《よしとも》に仕える童であった。義朝亡きあと発心、頭を丸め亡き主の菩提を弔うも、頼朝が挙兵するとその勢にくわわっていた。武勇の士である。この昌俊が精兵《せいびょう》数十騎をつれ遠く鎌倉から上洛《じょうらく》したわけである。

京にいる頼朝の代官・源義経と静が知り合ったのは一年半前だ。

その年、寿永《じゅえい》三年（一一八四）早春、義経は兄頼朝の命を受け、打倒義仲《よしなか》、打倒平家の征西軍を率い上洛。木曾《きそ》義仲の軍を宇治《うじ》川で破り、義仲を滅びに追いやった。

義経はその年の二月には一《いち》ノ谷《たに》に拠《よ》る平家軍を平らげ、その武名は一気に頂に舞い上がった。凱旋《がいせん》将軍として帰洛した彼を京の人々は大いなる歓声で迎えている。

当時、白拍子《しらびょうし》として名を高めつつあった静はさる貴人の紹介で、義経の前で舞った。その煌《きら》びやかな夜、貧農の家に生れた静は雲の上で舞う天女になれた気がした。

今を時めく青年武将は優美な舞に魅せられ、幾度も静を呼び、熱い愛を囁《ささや》き、美しき白拍子は義経の傍近くにはべるようになった。

天下一の勇将に愛《め》でられたことは弥《いや》が上にも静の名声を高め、彼女もまた天下一の白拍子といわれるまでになった。

だが、二人の愛がはぐくまれた寿永三年（四月に改元し元暦《げんりゃく》元年）は、義経が兄、頼朝との関係に悩みはじめた頃である……。

早馬飛脚をもってしても数日かかる鎌倉と京の距離と、義経の台頭を危ぶむ頼朝側近たちの囁きが原因であったろう。

頼朝は、京の都で公家《くげ》衆からもてはやされている義経が、自立しようとしているのではないかという、危機感を募らせた。故に、功ある家臣を朝廷に推挙し、官位を賜った時、義仲軍や平家相手の戦で大功を立てた義経を、わざと、はずした。

これは当然のことながら義経に大いなる不満をもたらした。

さらに、依然、西国で強い武威を誇る平家の打倒は、源氏にとって喫緊の課題だったが、頼朝は軍事の天才・義経をはずし、凡将といえるいま一人の弟、範頼《のりより》に平家追討をまかせようとした。

——義経には不当な仕打ちに思えた。

『公正な論功行賞は、武家の基本。兄上は、基本を、ふみはずされた。我が功を正しく評価して下さらぬ』

義経は貧しい者や身分の低い者を決して見下さず温かく接する男であった。幼少の頃、父をうしない、寺院でそだち、庶人の中で重い荷をかつぐような仕事もしてきた義経の過去が、左様な人柄をつくっていた。だが、一方で義経には、不当な仕打ちに対する強い怒りがある。どれほど巨大な相手でもその怒りをぶつける激しさが義経にはある。そして、義経は実力もないのに権力や権威を笠《かさ》にきて、威張り散らす輩《やから》が大嫌いである。

頼朝の陰に隠れし狡賢《ずるがしこ》い輩が、自分を貶《おとし》め、頼朝は彼奴《きゃっ》らに唆《そそのか》されている。斯様《かよう》に考えた義経の中で兄への反抗的な気持ちがふくらんだ。

時を同じくして治天の君・後白河《ごしらかわ》法皇が――、

『あれだけ大功を立てた義経に何の褒賞もないのは、ちとおかしいのではないか……』

と、言い出し、朝廷は義経を、検非違使左衛門尉《けびいしさえもんのじょう》に任じた。頼朝は家来に、己の許しなく任官してはならぬ、と告げていたが、義経は兄に逆らい官位を賜った。かくして凄《すさ》まじい隙間風が京鎌倉間に吹き荒れている。

範頼が平家攻め総大将を仰せつかって西に下る一方、京での留守居を命じられた義経は、頼朝への憤りにもだえた。静は苦しむ恋人をささえつづけた。範頼は数月経《た》ってもろくな戦果を挙げられず、痺《しび》れを切らした頼朝は――義経再起用を決める。

勇躍した義経は屋島《やしま》、壇ノ浦《だんのうら》で瞬く間に平家を討ち赫々《かっかく》たる武勲を輝かせた。

仇敵《きゅうてき》・平氏を討てば、兄も自分を評価してくれるだろうという思いが、義経には、あった。静もかく信じている。

が、二人の思いは踏みにじられた。

平家を滅ぼしても頼朝の義経への怒りは容易《たやす》く氷解しない。義経は許しを請うべく東に下り切々たる気持ちをつづった文・腰越状《こしごえじょう》をおくるも、頼朝は会おうともせぬ。義経は静がまつ都へ深く傷ついてもどってきた。

……どうして、この御方がかくも苦しまねばならぬのか？　兄君との間にある誤解が、何とか解けぬものか。

静も我がことの如《ごと》く苦しく、なかなか眠りにつけぬ毎日がつづいている。

そんな時、土佐坊昌俊が、数十騎の猛兵を引きつれ、上洛してきたわけである。

――刺客ではないか？　義経様を、討つために？

静の中で暗い胸走り火が熾《おこ》っている。

平家物語によれば、平清盛《たいらのきよもり》は「禿《かぶろ》」と呼ばれる赤服の少年たちをつかい、都の動静を探っていた。そして、静は禿の残党を三、四人つかっていたという。

この事実は、静が単なる側妾《そばめ》ではなく――義経の間諜《かんちょう》までになっていた事実を物語る。白拍子や傀儡《くぐつ》（手品師、軽業師）、田楽師などの芸能民、山伏などは諸国をさすらう。古来、武将は斯様な遍歴の民をつかい、敵領や民情を探ってきたのである。

幼き日、貧しき百姓の家から、磯禅師《いそのぜんじ》率いる白拍子一座に売られた静は、五畿内を中心に草を枕に旅して、貴族や長者、寺社に呼ばれ、歌舞を見せ、生きてきた。

上洛後、畿内を頼朝からまかされた義経にとって、この地の有力者と目に見えぬ網のようなつながりを持ち、民情に通じ、気働きに優れる一方、自分を深く愛してくれる静は、情報収集という大役をゆだねるのに打ってつけの人材であった。

昌俊上洛を危ぶんだ静は禿を呼ぼうとしている。

と、荒く重い足音が、廂《ひさし》に立つ静に近づいてきた。

熊が徘徊《はいかい》するような足音だった。

――武蔵坊弁慶《むさしぼうべんけい》に相違ない。

静をみとめると身の丈七尺を超す弁慶は、ギョロリとした目を細め、雑草より硬そうな虎髭《とらひげ》を撫《な》でて、

「土佐坊をつれてきたわ」

静の眉根に影が差す。義経が鎌倉にいた頃、弁慶と土佐坊はよく酒を飲む仲だったという。

「何のために上洛したか、主に申し開きさせる」

「――危ない」

静が凜《りん》とした声で言うと、弁慶、にかりと笑い、

「なぁに、俺を信じてくれい。妙なことをしようものなら、その場で首をへし折ってやるわい」

「十分、気をつけて」

大男に告げた静は別室に下がり禿を四人呼ぶ。まず、二人の禿に、

「お前たち、大番衆《おおばんじゅ》の動きを探ってくるように」

大番衆――頼朝配下の侍で、御所の警護をつとめる。

静は残り二人に、

「土佐坊がこの屋敷から出たら、ぴったりと張り付き、決して目をはなすな。何か異変があれば、すぐ知らせるのです」

静は、玉の台《うてな》、錦の帳《とばり》の奥で、何も考えずに安穏と暮すより、今の立ち位置の方が己には合っている、そんなふうに思っていた。

氷の塊を呑《の》むような気持ちで自室に控えていた静は、土佐坊が何事もなくかえったようなので、急ぎ、義経の室に向かう。

入りながら、

「如何《いかが》でございました?」

義経、この時、二十七歳。起請文らしき紙を明り障子から入る陽光にかざしていた義経は、静の方に白く端整な細面《ほそおもて》を向け、

「熊野《くまの》詣でのために上ったそうじゃ」

「……それは?」

「起請文」

土佐坊は七枚の起請文を書き、一枚は焼いて呑み、一枚は屋敷の中の八幡大菩薩《はちまんだいぼさつ》に納めたという。

『二枚は、都の名だたる寺社に納めて参ります。残り三枚は、熊野三社に納めます。某《それがし》がどうして貴方様《あなた》に弓引きましょう? これが嘘《うそ》ならば、幾重もの神罰、仏罰が、わが身に下るはず』

土佐坊はそのように発言し義経に許され、退出したという。

……見え透いた嘘。何か企《たくら》みがあるはず。土佐坊は平治の乱の折、この御方の御母君に大切な知らせをとどけたという。だから情けを?

静は麗しい相貌を曇らせて、

「……お信じになったのですか?」

――この人を、何としても守りたい。

「……いいや」

義経は、きっぱり、答えた。

「昌俊は、大番衆をけしかけ、わしを襲うつもりだろう。あの男の差し金だ。向うが仕掛けてきたら返り討ちにしてくれる。これで、あの男と戦う口実が出来る」

頼朝をあの男と呼んだ義経だが、そのかんばせには拭い様のない悲哀が漂っている。兄と戦うか、死ぬかしかない己の立場が、苦しくて仕方ないのだ。

「禿どもを――」

義経が言いかけると静は、

「……ぬかりはございませぬ」

大番衆と土佐坊の動きを見張らせていると告げた静は、義経と頼朝が堅い信頼でむすばれていた頃に後戻りする術《すべ》はないかと、考えた。

「戦は……嫌か?」

「嫌ではない女子が、何処《いずこ》におりましょう?」

「当方がのぞまずとも、兄上の周りにおる輩が、争いをけしかける。梶原《かじわら》などじゃ」

梶原景時《かげとき》――鎌倉における反義経の急先鋒《きゅうせんぽう》と考えられている。事実、屋島の戦いでは義経と激しい口論になった。

「梶原殿が……豫州《よしゅう》（義経）様の、真の敵なのでしょうか？」

静が呟《つぶや》くと義経は眉を顰め、

「何が言いたい？」

「……梶原殿の陰に隠れて、貴方様を滅ぼそうとしている者がいないかということ」

強い険が、義経の面に走る。

「お怒りにならないで下さい。まだ、豫州様にお目にかかる前にございます。わたしを憎み、盛んに悪口を申す白拍子がおり、わたしは胸を痛めておりました。わたしは友と思うた白拍子にそのことを相談しておりました。ところが、後日、この友と思うた娘が、陰口を申していた娘に……もっとひどい、わたしの悪口を吹き込んでいたと知れたのです……」

「…………」

「……友の顔をした敵だったのです。その事実に気づいたわたしは、人というものは何と恐ろしい存在《もの》であることかと、思いました」

「――誰が、梶原の後ろにおると言いたい？」

静は、胸の内にある名を、告げていいものか迷う。義経は澄み切った瞳で静を見詰めつづける。

静は、言った。

「……北条時政《ほうじょうときまさ》殿」

義経は、声を潜め、

「北条殿が梶原を唆し、梶原が兄上を唆しておると申すか」

小さくうなずく静だった。義経は、しばし黙している。やがて面貌を赤くし、

「……左様なことがありえるはずはない。北条殿はいつも穏やかにわしと兄上、わしと梶原の間に立とうとしてくれた。わしは……梶原のおかげで生じた誤解を解くには、北条殿にたよる他ないように思ってきた」

そういう者が——実は危うい、と静は感じる。

「静、何ゆえ汝《なんじ》は北条殿が怪しいと思うた？　何か証拠でも？」

「いいえ。……女の勘です。ただ、思うのです。証拠などありません」

「汝が申した旨一応心に留め置くが……北条殿を敵と決めつけるのは、よくない」

「…………」

戦場に立ち、敵軍と向き合う時、神算鬼謀が、稲妻となってこの若武者の中に閃《ひらめ》くようである。義経は常に敵の策を見抜き、裏をかき、範頼が如きだらだらとした長戦でなく、短期決戦で大軍を打ち破ってきた。鬼神の強さを世に見せてきた。

ところが兜《かぶと》を脱いで館に腰を据える時、義経の洞察力はどうしたわけか鈍る。

逆に頼朝やその舅《しゅうと》・北条時政は義経ほど戦上手ではないが、政《まつりごと》の権謀術数に秀でていた。

日が暮れはじめた頃、御所に向かわせた禿二人が、もどっている。

「大番衆が何やらものものしゅうござる。次々に兵をあつめ、何処《どこ》ぞに討ち入りに出る構え。ま

た、都の要所要所を侍どもが固めております」

静は、義経に、

「——只事《ただごと》ではありません。昼の起請法師の仕業でしょう」

「土佐坊を見張らせた禿は？」

「いまだ、もどりませぬ。女子ならば無難でしょう。端女《はしため》を一人つかわせます」

程なく走りもどった端女は次のように話した。

「禿とおぼしき者は二人ながら、土佐坊の門にて斬り伏せられています。宿所には鞍置馬《くらおきうま》どもをひっ立てて、大幕の内には、矢負い弓張った武者どもが、皆具足して、唯今寄せんとしております。少しも物詣《ものもうで》の気色に見えませぬ」

「大軍を差し向ければ、わしが警戒すると考え、物詣に見せかけた土佐坊の一行で討とうとしたのか。……小賢《こざか》しい」

義経は闘気を漲《みなぎ》らせて腰を上げ、静は着背長《きせなが》を投げかけるように、支度させた。同時に静は下女を走らせ近隣に住む義経の家来をあつめる。義経の侍を走らせなかったのは——敵の諜者を警戒したのである。

義経が太刀《たち》を取って出ると郎党が鞍置馬をひっ立ててきた。素早く跨《またが》った義経は、

「門を開けい」

義経は弁慶ら小人数の家来をつれ門前で討手をまつ。ややあってから、鎧兜《よろい》を身に着けた敵が

四、五十騎ばかり、どっと押し寄せると、勇ましく鬨《とき》の声を上げた。
「昼の言葉は嘘であったか。卑怯者《ひきょうもの》め」

義経が言うと土佐坊は、

「謀反人が何を申すっ」

義経は鐙《あぶみ》の上に立つと、大音声《だいおんじょう》で、

「夜討ちにも昼戦にも、義経たやすう討つべき者は、日本国《にっぽんごく》にはおぼえぬものを！」

自ら先頭に立ち土佐坊率いる敵に斬り込んだ――。

味方は少ないが、義経と弁慶の鬼神の武が炸裂《さくれつ》し、敵を、切り崩す。

「者ども、あれしきの小勢に、ひるむなぁ！　押し返せ！」

土佐坊が吠《ほ》える。弁慶と土佐坊が火花散らして数合打ち合い、土佐坊が押される。と、近くに住む義経の家来たち――伊勢三郎義盛《いせのさぶろうよしもり》や佐藤忠信《さとうただのぶ》、一人当千の男どもが刃《やいば》を閃かせて駆けつけ、憤然と敵に斬り込んだ。敵は瞬く間に蹴散らされ、ほとんど討ち取られ、土佐坊以下僅かばかりの者どもが、ほうほうの体《てい》で逃げて行く。

翌日、鞍馬寺《くらまでら》の僧たちが土佐坊を捕えて、義経の許《もと》にやってきた。平家物語は、「（土佐坊は）鞍馬の奥ににげ籠りたりけるが、鞍馬は判官《ほうがん》の故山（義経が昔いた山）なりければ、彼法師土佐坊をからめて、次の日判官の許へ送りけり」と、物語っている。

義経は首丁頭巾《しゅちょうずきん》をかぶった土佐坊を大庭に引き据えさせて、からりと笑い、

「起請の罰が当ったの」

堂々と胸を張った土佐坊の唇がほころぶ。

「……そうなりましょうな」

なるほど、土佐坊は刺客である。だが、寸分も物怖《ものお》じせぬ態度が義経を感心させた。さらにまだ金王丸といった土佐坊は、義経が赤子の頃、父を斬った刺客どもを討ち、義朝の訃報を命懸けで母にもたらした男である。

義経は母から金王丸が屋敷に飛び込んできたいきさつを聞かされていた。

――わしがまだ、牛若丸《うしわかまる》と呼ばれていた頃だ。

俄かに、義経の胸中に、雪の坂が活写される。

……その時の光景をわしが覚えておるはずはない。母が、わしや兄たちをつれて大和《やまと》に落ちた時、わしは、二つだった。

なのに、雪中の逃避行の光景は、義経の胸にこびりついている。母、常盤《ときわ》は白い息を吐きながら自分をかかえてくれて、幼い兄たちは涙と鼻水で汚れた顔を歪めて雪を踏み、凍てつく坂を下っている。

常盤から聞いた話が目で見た記憶に化けているのか？

それとも、幼き目に雪の坂が、焼き付いたのか？

常盤は平家滅亡を見とどけてから、亡くなった。

土佐坊によって母を思い出した義経の頬が小さく動く。

……義仲を討ち再会してから実にみじかい間《げ》で……身罷られた。もっとお傍にあり、しかと孝行したかった。わしは、何の親孝行も出来ていない。土佐坊がよく知る父上については、お顔すら覚えておらぬ。

義経は父に仕えたこのふてぶてしい男を斬るに忍びなく、

「主の命を重んじて、危うきを顧みず、都まで参った志、神妙。命惜しくば鎌倉まで返してやろう」

すると、弾《はじ》けるような哄笑《こうしょう》が、庭から、飛んだ。土佐坊は義経を目を細めて眺め、

「あの時の赤子が……生き辛き乱世をよう潜り抜け、あっぱれ、見事な大将になられたものよ……」

相貌を引きしめた土佐坊は東の方を向き、遠い目で、

「誰もが引き受けたがらぬ命でした」

義経の武勇と英名を恐れ、刺客という役目を恥じ、さしもの坂東武者も、たじろいだのだろう。

義経に向き直ると土佐坊は、険しい面持ちで、

「そなたならし遂げられると鎌倉殿は仰せになった！　そう仰せこうぶった以上、黙って引き受けるのが、累代の郎党でしょう？　その時点で——この一命、鎌倉殿にあずけておる。一度あずけた命、どうして、ここで取り返そうと思おう？　さあ、九郎殿、ただただ、お斬り下さいませ！」

「……よくわかった。弁慶、この者を六条河原《ろくじょうがわら》にひっ立てて、斬れ」

こうして土佐坊こと渋谷金王丸は斬られた。

頼朝と義経の戦い、天下人と天下一統の最大の功臣の戦が、はじまったのである。

頼朝は、自ら大軍を率い、義経を討とうとした。

一方、義経は同じく頼朝から狙われている叔父《おじ》、源行家《ゆきいえ》と語らい、仙洞《せんとう》御所に出向き、後白河院から——頼朝追討の院宣《いんぜん》を得んとした。院は義経派の公家、高階泰経《たかしなのやすつね》らの説得もあり、頼朝派公卿の重鎮、九条兼実《くじょうかねざね》らの反論を封じ、院宣を下した。だが、院宣一つで関東の大軍をはね返せるわけもない。頼朝は土佐坊を差し向ける前から多くの御家人を都から坂東へもどしていた。むろん、義経と軍を引きはなす一手である。

故に、義経、行家が動かせる兵は少ない。このままでは東からくる大軍に討たれてしまう。静が大いなる脅威を覚えた時、追い詰められた義経主従に手を差しのべてくれる者が現れた。

鎮西《ちんぜい》の有力武士・緒方三郎惟義《おがたさぶろうこれよし》。

今、窮鳥となった義経にもっとも温かく、もっとも堅固な巣を提供してくれるのは——奥州《おうしゅう》の巨人・藤原秀衡《ふじわらのひでひら》に他ならない。数多《あまた》の金山をいとなみ、蝦夷《えぞ》や粛慎《あしはせ》（沿海州から満州）との交易で富をきずいた秀衡は、義経の良き庇護者《ひごしゃ》であった。

ところが秀衡の領土に行く途中に頼朝の勢力圏が立ちはだかる。

院宣を手にした義経としては南宋《なんそう》、高麗《こうらい》との交易が盛んな鎮西に入り、北の巨人、秀衡と連携して、関東に拠る頼朝を経済的にしめ上げ、滅ぼす、あるいは鎮西から高麗、粛慎、蝦夷を経て海路、奥州にむかうという遠大な謀《はかりごと》をいだいたわけである。

十一月三日。義経と静、行家、弁慶ら股肱の臣、そして緒方三郎率いる鎮西武者ら合わせて五百人は、坂東から上ってくる頼朝軍数万と矛をまじえず、都を退去している。

都人はかつての平家や義仲軍の如き略奪を義経党がはたらかぬか、心底恐れたが、義経は一つの乱暴狼藉《ろうぜき》もはたらかず——退転したため、人々は驚き、大いに褒めたたえたという。

十一月六日、都落ちした義経一行は摂津大物浦《せっつだいもつのうら》から船に乗り、遠く九州へ向かわんとするも、わずかに海をすすんだ所で、恐ろしい逆波が襲いかかってきた。

義経は逆巻く波を睨みつけ、静は波よ鎮まれと懸命に祈っている。

だが、祈りは、とどかない。

「ああ、平家の祟《たた》りじゃ！」

すぐ隣で悧慄《しゅんりつ》していた舟が、波に弄ばれ、海に叩《たた》きつけられ、多くの者が悲鳴と飛沫《しぶき》を散らし、水に呑まれる。幾艘《そう》も沈んでいく。稲光に目が眩んだ静は、

……天が、戦を望んでいない？　平家を滅ぼした上に鎌倉と戦おうとするこの御方に天《あめ》の上の者が怒っているのか？

「ご主君、もどりましょうっ！」

弁慶が塩水を髭から滴らせて咆哮《ほうこう》した。船団は、ばらばらになった。吾妻鏡によれば——摂津天王寺《てんのうじ》（四天王寺）の辺りに流れついた義経党は、
伴類分散して、豫州に相従ふの輩わづかに四人、いはゆる伊豆《いず》右衛門尉、堀彌太郎《ほりやたろう》、武蔵坊弁

慶ならびに妾女（字は静）一人なり……。

という有様だったという。義経と四人の者だけになったというのだが、これは名のある者が四人ということで、他に足軽、下人などが数人いたのではないかと思われる。

その夜、義経、静らは天王寺に泊っている。聖徳太子《しょうとくたいし》ゆかりのこの寺は築地《ついじ》の外に数知れぬ物乞いが暮していたが、義経一党は左様な人々の群れに隠れたのではなく、昵懇《じっこん》の僧に匿われた。

夜明け前、義経は静に、

「安全な所をさがしてくる。隠れ家が見つかったら、必ず使いをよこす。そなたは天王寺に隠れていよ。一両日、ここでまて。約日を過ぎても使いが来ぬ場合……」

義経の話の途中で静は頭《かぶり》を振っている。大物浦を出た船団には静の育ての親というべき白拍子の磯禅師も乗っていた。ところが母と慕う磯禅師は静の目の前で瀬戸内海の荒波に投げ出されていた。生死は、定かではない。

——片時も、はなれたくない。今、離れ離れになれば、二度と顔を見られぬのでは？

「嫌です。一緒に、行きます」

赤い目を潤ませ、訴えた。

「ならぬ。天王寺を出れば、関東の諜者や斥候《うかみ》が、うろついておるやもしれぬ。大和にひそもうと思うが、向うの様子もわからぬ……。そなたは、ここにいよ」

「九郎様……」

美貌を辛そうに翳らせ、

「わしを、信じよ。静、わしが、信じられぬか？」

「……いいえ」

静はうのという老いた端女とただ二人、天王寺にのこされた——。

強い不安が胸を浸していた。大和で義経が討たれる恐れは大いにある。おまけに、ここ摂津に盤踞《ばんきょ》する摂津源氏は、頼朝の手下であった。いつ何時、摂津源氏が天王寺に踏み込むか知れぬ。不安はうのも同じだ。うのは天王寺の僧たちが裏切るのが恐ろしいと言った。

だが、幼き日から諸国をさすらい、華やかな大舞台で舞い、肝が据わっている静は、

「僧たちが裏切るなら……その時は、その時よ。今わたしたちには、あの僧たちしか頼れる人がいない。彼らを疑ってここを出れば、東国の兵に捕らわれるかもしれぬ。盗賊に襲われるやもしれぬ。もう、覚悟を固めてここにいる他あるまい。それより母様はご無事だろうか？」

磯禅師が波に呑まれる姿を思い出した静は珊瑚《さんご》の欠片《かけら》のような色をした小ぶりな唇を嚙《か》みしめる。花のかんばせがとたんに苦し気になっている。

「あれ、と叫んで海に落ちられた時……お助け出来なかった。実の親同然に、そだてていただいたご恩返しを、していない……。誰かに助けられて、生きておられぬだろうか？」

小柄で面が角張ったうのは白髪頭をふるわし、

「この御寺の……仏様にお祈りしましょう」

利那、静はひどく強くこみ上げてくるものを感じ、うっと、白い手で口を押えた。うのは何かに気づいた顔をした。

馬に乗った二人の男が義経の命で迎えに来たのは二日後である。

「吾らの背にしかと、しがみついて下され」

静とうのは男たちにつかまり、馬上の人となる。

「何処に行くのです？」

静の問いに、馬借に身をやつした義経の家来は、

「——お伝え出来ませぬ。ただ、ご主君は、無事でおられます。静様のご到着をまたれております」

「……わかりました。何も、訊《き》きますまい」

義経の家来たちは、万一、敵につかまった折、拷問をされた静が義経の居所をしゃべってしまうのを恐れているのだ。静たちは二頭の馬に乗せられ、草深き湿地、ススキの原、村の裏の竹藪《たけやぶ》、深い山林など道なき道を三日間疾駆する——。

着いたのは幾重にもつらなる深山の中、雪に埋もれそうになった山伏寺だった。

大和国、吉野《よしの》の里、金峯山寺《きんぷせんじ》の僧房、吉水院《きっすいいん》（今の吉水《よしみず》神社）。

雪に降り込められた山門に弁慶が立っており静を案内《あない》する。

——お顔を見るまで、安心できぬ。

平らな氷を並べたような板敷の冷たさも、静は、気にならない。もう少しであえるという思いが胸の中で熱い潮《うしお》になっていた。

弁慶が閉じられた遣戸《やりど》に、

「お連れしました」

「……おう」

弁慶の大きな手が、戸を開く。

義経は蒔絵《まきえ》の火鉢からはなれて畳に座り、端整な顔をかたむけて刀の手入れをしていた。火鉢一つでは固く凍《い》てついた山気を温かくほぐせない。火鉢の傍でも十分寒かろうが義経はその微弱な温《ぬく》さからも遠ざかり、あえて冷たい厳しさに身を据えていたようである。目釘をさし、油をほどこした刀身に鎺《はばき》をつけ、茎《なかご》を柄《つか》に入れる。

「よくぞ、無事に参った」

白い息を吐いて太刀を鞘《さや》におさめると腰を上げ、火鉢の方に寄った。

「こちらにこよ」

静が中に入り弁慶が外から戸を閉める。

「心配を……」

義経の言葉の途中で、静は、華奢《きゃしゃ》だが逞《たくま》しい胸に、たおやかな体を飛び込ませている。義経は静をそっと抱きしめ、

「かつて、大海人皇子《おおあまのおうじ》は、兄、天智天皇《てんじ》を恐れ、ここ吉野に潜むも、天智天皇亡き後、味方をあつめて挙兵し、近江《おうみ》の朝廷を倒し、帝《みかど》になった。天武天皇《てんむ》じゃ。今、兄に狙われ、ここ吉野に来たのも……運命《さだめ》である気がする」

義経は金峯山寺の他の山伏は鎌倉方だが、吉水院の山伏については義経に心寄せていること、

吉水院の山伏たちに、

『まだ、天下には……鎌倉に心寄せぬ武士も多いと思います。鎮西、奥州で反頼朝の狼煙《のろし》を上げ、左様な者どもと手をたずさえれば、十分、今の世の中を引っくり返せますぞ』

と、勇気づけられたと語った。もし今話した道を歩むなら、義経は反頼朝勢力の神輿《みこし》にかつがれるということだ。義経はこれまで頼朝の智謀と統治力を敬い、頼朝の下での天下安寧を目指し、強敵と戦ってきた。

様々な感情のもつれから兄弟仲は大いにねじれ、頼朝から命を狙われるまでになってしまったが、真にそれでいいのだろうか。義経は静に、

「何か言いたげじゃな」

「…………」

義経の面差しは硬い。やはり、迷いがあるのだ。きっとそうだ。だが、義経がいま一度頼朝の許しを乞うた処で、許されるとは到底思えない。兄から討伐軍を差し向けられた義経は、頼朝追討の院宣まで、得ているのである。

「一握りの公卿が威張り散らし万民を苦しめる政がつづいてきた。そこに現れたのが、平家。しかし平家もまた、人々を踏み潰して栄華を誇る一握りの公卿になり果てた。……兄上なら、変えられると思うた。ところが頼朝は平家の滅びがたしかなものとなるや、梶原、三浦《みうら》などわずかな大名の申すことしか信じぬようになり、義仲を討ち、三度《みたび》の戦で平家を滅ぼしたこの義経すら信じず、遠ざけ、はては殺そうとしておる。弟の義経すら……斯様な目に遭っておる。範頼も遠か

らず同じ目に遭う。……況《いわ》んや、他の者をや。

天下は、一人のものではない。万人のものなのだ。万人が生きる場なのだ。その真実《まこと》を鎌倉の兄に思い知らせられるのは吾のみ。我が弓矢、それがためにこそ放つ。反逆者の汚名も喜んでかぶろう。だから、静……もう何も申すな」

「そこまでの御覚悟を固められている以上、どうして静が何かを申しましょうか？」

義経が静を激しく抱こうとする。

「強く抱くのは……お控え下さい。赤子《やや》を、さずかったようなの」

静はごく傍から義経を見詰め、熱い囁きを今や落人《おちうど》となった英雄の唇に吹きかけた。

義経の引き締まった腕から、激しさが、消えた。代りに心からの喜びが満面に広がった。

義経はやわらかい力で静を抱き、春のそよ風の如き口づけを浴びせている。

外では雪が降りつづけ、白く凍った森で、静けさが張り詰めていた。

静が吉水院に入って五日後、十一月十七日、弁慶が血相変えて潜居の間に入ってきて、

「……他の坊の山伏たちに、ご主君がここにおられると、知られたようだ。蔵王堂《ざおうどう》の方が騒がしいぞ」

金峯山寺の他の坊の山伏たち――頼朝方山伏たちが吉水院に攻めかかろうとしているというのだ。

静は鳥肌を立てて面を引き攣《つ》らすも、義経は一切動じず、

「――さもあらん。よいか静、わしや弁慶は雪山に入って、逃げる」

「一緒に」

素早く願うも、

「雪山に入るのだぞ」

義経は、強く言い聞かせた。そして、静の腹に一度視線を動かし、また静の目を見て、

「断じて、ならぬ。そなたは――うの、そして禿二人と山を降り、京に落ちよ」

「……京……？」

もっとも予期していなかった地名に驚くと義経は思慮深き面差しで、

「敵の身になってみるに、我が一党が潜むとはゆめにも思わぬ所、それが京、我らが後にした都だ。上手《うま》く隠れれば、決して、見つからぬ。わしは……わしを匿ってくれる者の所を転々と動いて、奥州へ参る。彼の地に腰を落ち着けたら、きっと使いをよこす。迎えをよこす」

「この前、天王寺で離ればなれになって……ここでまた、お会いして、静は、もう二度とお傍をはなれぬと決めたのです。はなれたくありませんっ」

静は夢中になって、抗った。

「これが今生の別れというわけではない。また、会える、会うのだ」

「どうして……また会えると言い切れましょう？」

弁慶が横から太い声をはさむ。

「言い争いをしている暇は、ねえ」

悲愁を漂わせた静を最後に納得させたのは腹の中に義経の子がいるかもしれぬという思いであった。義経と一緒に雪深き山々を走れば、その子は――。義経は静に当分の暮しに困らぬ黄金《こがね》と、暖かい衣類をあたえた。

義経、弁慶ら数名は夕闇迫る中、雪に閉ざされた幾重にも深き山に入る。静は恋しい人が見えなくなるまで見送っていた。吉野は……底知れぬほど深い紀伊《きい》山地の入り口にある。吉野の奥には魔物が蠢《うごめ》いてもおかしくない高き山々が聳《そび》え、雪に閉ざされたそれらの山の恐ろしさは、頼朝の軍勢の脅威に勝るとも劣らない。

義経が今にも雪山に食われる気がして静は叫びそうになっている。

心細い気持ちになった静はうのと、禿二人と共に、都を目指し、山を降りだした。下山と言っても金峯山寺の他の坊の者たちに気取《けど》られるわけにいかない。開かれた境内や、参道をさけ、道なき道――雪におおわれた急斜面を下っていかねばならない。

といっても雪山また雪山を踏み越えていこうという義経が行く道の辛さとは、比べ様もない。

……寒い。

夜が吉野山をおおう中、静たち四人はふるえながら白き斜面を下っている。

雪ですべったうのをささえ大きくよろめいた静は、前を行く二人の禿が、冷たいめくばせを交わすのを見た……。この二人、入道相国清盛《にゅうどうしょうこく》の諜者としてはたらいていたが、平家都落ちの後、路頭に迷っていたのを、義経の愛妾となった静が見つけ、手下にしたのである。幾日か前、大番衆のきな臭い動きを嗅ぎつけた少年たちだ。

四人は今、茅原《かやはら》が雪に隠された所におり、左右は黒々とした桜林。空を仰げば氷の破片に似た星が瞬いている。

……裏切る気か？

呑んだ唾すら凍る気がする。かたかた音を立てそうになる歯を抑えた静は前を行く禿二人に不安を覚えている。こちらは、女二人。こんな山中で、二人の少年に襲われたら、勝ち目はない。

——この危機をうのにどうつたえよう。

静は、禿たちに、

「いつも……お前たちには、助けられています。無事京についたら、十分な恩賞をあたえましょう」

すると六郎太《ろくろうた》という禿が冷え冷えとした笑いを放ちながら、振り返った。六郎太は腰刀を抜き、

「あんたから、恩賞もらうより……この手で摑《つか》んだ方が仰山《ぎょうさん》もらえる気がするんや」

背が高く表情に乏しいもう一人の禿、愛宕丸《あたごまる》も無言で氷刃《ひょうじん》を抜く。

うのが、静の前に出、ふるえる声で、

「血迷うたか、な、何を無礼なっ……」

静は守り刀に手をのばすも、なかなか摑めず、摑んでも冷たくなったそれを抜けぬ。

六郎太が嘲笑うように、

「やめとき。顔見知りやさかい、わしらも、あらけない真似《まね》はしたくないんや」

愛宕丸が低い声で、

「豫州からもらった金銀財宝、衣、全てわたすんや」

「我らに忠節を尽くせば、そのようなものは豫州様からいくらでも……」

静が唇をふるわせると、六郎太が、野獣の猛気を漂わせ、

「もう——豫州は、終りや！　豫州が落ちぶれた今、あんた、わしらに指図出来るような立場やない。あんたはもう、ただの女。ただの非力な白拍子や」

召しつかってきた禿が放った言葉の酷《むご》さが胸に刺さる。少年だから容赦がないのか、荒《すさ》んだ世がこういう魂をつくり出してしまうのか、飢えから救ってやった己にひどい物言いではないか。

真綿が入った静の衣の内で、しなやかな肢体が鳥肌を立てている。

六郎太が襲いかかってきた——。うのが、ぶつかるように飛び出、

「無礼者！　よくも今までのご恩を忘れっ……」

「婆《ばばあ》！　どきっ」

六郎太が、うのを刺した。胸を刺されたうのはうっと呻《うめ》き、粉雪を散らして斜面に転がる。うのは二、三度痙攣《けいれん》し、ピクリとも動かなくなった。

「殺したな！……うのを、殺したなっ！」

静は燃えるような声を迸《ほとばし》らせる。だが、寒さと恐れでふるえる手は、まだ短刀を抜けない。

「ええか、同じ目に遭いとうないなら……金銀財宝、全部《こっきり》、わたすんやっ」

「六郎太、何も殺すことは、ないやろ」

ぼそりと言った愛宕丸は、静に、

「わしら、あんたに、乱暴したくはないのや。そやさかい、おとなしゅう、金目のもん、わたしてくれんか?」

六郎太が静に血刀を突きつけて、激しく、

「お前は、甘すぎなんやっ……」

「ええから黙っとき!」

怒りと悲しみ、恐怖で胸が張り裂けそうだったが、雪山で脅された静は男どもにしたがう他なかった。六郎太はふるえる静と、うの の屍《しかばね》から金銀財宝、宋銭の入った袋、暖かい衣が入った上刺し袋を剝ぎ取る。

「これも市で高《たこ》う売れそうやっ」

六郎太は静が着ているものまで剝ぎ取らんと手をのばした。この時代、着物や布は大変貴重なので、銭の代りになる。特に静が義経からあたえられた絹衣の価値は実に高い。

「止《や》めて! そこまで、奪うのは、止めて! そこまで盗《と》られたら……凍え死んでしまうっ」

——自分が凍えるのはいい。だが、腹の中にいる子供は何としても守りたい。

と、愛宕丸が、

「止めとき! この御方には、ずいぶん世話になったやろ? そこまでしたらあかん」

「……ほな、これはもらってくわい」

蝦夷地の海に狼虎《らっこ》といういめずらしい獣がいて、その獣の毛皮を藤原秀衡が義経に贈り、義経は静にあたえている。今、腹に巻いた狼虎の毛皮が六郎太に取られた。六郎太は静が狼虎の毛皮と絹衣の間に入れていた温石《おんじゃく》までも奪った。

財宝を奪った禿二人が静からはなれていく。愛宕丸が、申し訳なさそうに、頭を下げたが、恩を仇で返され打ちひしがれた静は、そこからしばし動けなかった。雪を蹴散らす寒風に叩かれて自分を守って死んだ老女に手を合わす。静は——先刻より遥《はる》かに凄まじい寒気を覚えている。体じゅうの血が凍るほどひどい寒さを。金目の物を奪われどうやって都に辿《たど》りつけよう？　途中で、野垂れ死にするのでないか？　いや、それ以前にこの雪山で……。

……このままでは、死んでしまう。この子は殺させない。この子は、夜のように暗くなってしまったわたしの前を照らす光。人里に行かねば。

冷たくなった足が動くたびに、サクサクと音が立つ。静は林に入った。千本桜と愛でられる吉野の桜林は今、暗い冷たさに統べられ、花の一つ葉の一つもつけていない。ただ、白い雪の花だけが梢に咲いていた。

行く手に炎をみとめた静は、義経を追う山伏が焚いた、山狩りの大松明《おおたいまつ》と気がついた。しかし、このまま冬山をさすらえば、自分も子供も凍死してしまうと考え、覚悟を固めた。

……仏に仕える者たちゆえ、助けてくれるやもしれぬ。

吾妻鏡によれば——十一月十七日、静は藤尾《ふじお》坂を下って、金峯山寺蔵王堂に現れ、山伏たちに捕らわれたという。

静は早速、吉野山伏の頂に立つ執行《しぎょう》の許につれていかれた。老いた執行は静を大変憐《あわ》れみ、温かい部屋と、熱い粥《かゆ》をあたえた。そして、

「貴女を……お助けしたいと、思います。されど……鎌倉殿には逆らえませぬ。ただでさえ、吉水院の件で、当山は鎌倉に睨まれておる。関東の兵《つわもの》が貴女を引き渡すようつたえてきたら引き渡す他ない。その時は最大の慈悲をかけてくれるよう、申し添える所存じゃ……」

十日ばかり後、執行が静をたずね、

「吉報がござる。磯禅師殿が――生きておられたのじゃ」

育ての親、磯禅師が生きていたという知らせは、静の面貌をぱっと輝かせた。

「明石《あかし》の浦人が見つけ、鎌倉方の兵に引き渡したとか。今、京におられる。もう一つ……上洛した鎌倉殿の代官が貴女の身柄を引き取りたいとつたえて参った。故に貴女には、都に行ってもらう」

その代官は――北条時政だった。

静が、梶原景時の陰に隠れ、義経を追い詰めたのではないかと睨んでいる男である。義経退転を聞いた頼朝は鎌倉に引き上げ、時政率いる大軍をつかわしたのだ。

吉野で捕らわれた静は京にいる北条時政の許に護送された。

時政はがっしりした体つきの男で、目が異様に大きい。立派な口髭をたくわえている。大眼には、底知れぬ凄気がやどっていた。

話には数多聞いていた時政と初めてまみえた静は、鷹揚《おうよう》な笑みを浮かべて己を迎えた相手を一目見るや、

――この男が……九郎様を追い詰めたに違いない。されど、わたしはこの男への恨みを表に出

してはいけない。表に出せば、わたしも、九郎様の御子も、不利になる。まだ、わたしの腹は左程ふくらんでいない。上手くやれば、気取られぬ。腹が大きくなる前に放たれれば、わたしは子供を無事に産める。そして、あのお方の許に行く。……きっと大丈夫。

「静殿。磯禅師殿は我らがあずかっておる。隠し事をせず、知ること全てを話せば、再会も出来よう」

時政は数日かけて、じっくり尋問した。

静は仮面をかぶって時政に相対している。義経とはなれ、あらゆる望みをうしない、幾度も打ちひしがれ、もう立ち上がる気力をうしなったという面を。

時政の問いの核心は——義経の行方についてであって、静は義経がまだ捕まっていないと知った。静は義経の最後の目的地が、奥州とわかっていたが、あの後、何処に逃げたかは、真に知らない。だから、都落ちしてからの顚末《てんまつ》と義経とわかれた十一月十七日の詳《つまび》らかな様子を正直につたえるも、行き先については、全く心当りがないと繰り返した。

何か知っているだろうと勘ぐっていた時政も遂にはおれ、育ての母、磯禅師と引き合わせてくれた。二人が泣いて喜んだのは言うまでもない。

静は懐妊を感づかれる前に解き放たれたかったが、時政は、

「貴女の処遇は我が一存では決められぬ」

かくして静と磯禅師は——鎌倉へ、頼朝の許へ、護送される形になった。

翌年四月八日。

頼朝は、妻、北条政子《まさこ》（時政の娘である）をつれ、坂東武者の神殿、鶴《つる》ヶ岡《おか》八幡宮に詣でた。

平家を倒し盤石の体制を打ち立てた頼朝の最大の不安は二つ。一つは、遥か北、奥州に鎮座し、いま一つは、諸国を流浪している。頼朝は二つの不安——秀衡と義経が重なる事態を危ぶんでいる。

吉野から消えた義経はその後、多武峰《とうのみね》の十字坊《じゅうじぼう》なる剛力の僧兵に匿われたらしい。が、多武峰にいるらしいという噂《うわさ》が漂うや、紀伊山地の奥に、弁慶、十字坊らをつれて逃げ込み、十津川《とつかわ》辺りの深山で、行方を晦《くら》ましたという……。三月には伊勢神宮に義経らしき男が出現し、何事かを深く祈ったという浮説まで流れた。

まさに神出鬼没、味方として動いているのなら、これほど心強い男はなかなかいないだろう。

「あの女、まだ、病痾《びょうあ》の由を申し、わしの前で舞えぬと申すか？」

頼朝の問いに政子は、

「天下の名人ゆえ、その芸を見られぬのは真に無念。今日こそは八幡宮へ参るようつたえてあります」

静のことだ。

鎌倉につれてこられた静の腹は、隠しようがないほど、大きくなっていた。頼朝は思う処あり、静を固く引き止め、その宿を厳重に見張らせている。

政子を通じ静に我が面前で舞うように幾度も催促したが、頑《かたく》なな白拍子は首を縦に振らない。

今でも義経を慕い、敵将の前で舞うのを、恥と心得ているようである。

——強情な女め。だからこそ……舞わせねばならぬ。

侍女が政子に歩み寄り何事か囁く。政子は、首肯し、

「——静が、八幡宮に参りました」

「……左様か」


参拝を終えた頼朝は丹塗《にぬ》りの柱が並ぶ廻廊《かいろう》に静を呼び寄せた。

「八幡大菩薩の御心に適《かな》うべく、舞を披露するがよい」

頼朝は、厳かに命じた。

静寂の廻廊に坐《ざ》した白拍子は——身動き一つせぬ。静の左右では坂東武者の厳《いか》つい顔がずらりと並んでいた。

「如何した？　静」

頼朝の左から、政子が、言う。静は首を横に振っている。やがて、辛いものを吐き出すような顔で、

「……お心に添えそうにありませぬ。近頃は別離のことのみ苦しく……舞曲を演じられませぬ。どうか、その儀は平にお許し下さいませ」

よく通る美声である。

白雪の衣を着た静に、頼朝は、

「ならぬ。舞え」

「…………」

静は――かんばせを硬くして、うつむいている。

自分は舞姫《ぶき》である。なるほど、舞を見せる者だ。同時に、義経の思われ人である。

目の前にいる頼朝は愛する人を殺そうとしている男だった。

頼朝のために舞いたくないという気持ちが、静には厳然としてある。舞いたくない相手の前では舞わないという矜持《きょうじ》が、放浪の民である白拍子には、確固としてある。

舞えという重圧をひしひしと感じながら静は動けない。

だが、一つの考えが、静を刺し貫いた。

……もし舞わなければお腹《なか》の中の子に害がおよぶ……。

この考えが静を立たせる。黄竹《こうちく》の歌を、歌い出す。透き通った、世にも見事な歌声であった。

工藤祐経《くどうすけつね》が鼓を打ち、畠山重忠《はたけやましげただ》が銅拍子《どびょうし》を鳴らす。

静は雲の上に舞い上がる鳥のような動きで、舞う。とても身重とは思えぬ軽やかな所作に――

東国の男たちは息を呑んだ。静の舞は、明るい光につつまれた歓喜を表していた。

……何と、見事な舞よ……。

声なき声が聞こえてきそうだ。やがて、静の小袖の動きは、暗雲に変る。目に見えない吹雪が暴れ出し、軽やかに飛んでいた鳥は打ちひしがれ、地上に叩き落される。ぴたりと舞を止めた静は悲しみに満ちた和歌を詠んだ。

「……吉野山　みねのしら雪　踏み分けて　いりにし人の　あとぞ恋しき（吉野山の白雪を踏み分けて行かれたあのお方の後ろ姿が、今も恋しいのでございます）」

御家人たちから呻きが漏れる。

北条政子が息を呑む気配があった。

静は一曲、哀感溢《あふ》れる今様《いまよう》を歌うと、もう一首、見事な声で吟じた。

「しずやしず　しずのおだまき　くり返し　昔を今に　なすよしもがな（賤《しず》の出のわたくしを、静《しず》や静や、と愛でて下さいました愛《いと》おしい御方。しずの苧環《おだまき》〈苧糸をつくる糸車〉をまわすように、時間《とき》をもどし、昔を今にすることは出来ぬのでしょうか？）」

畠山重忠が目頭を押さえ、工藤祐経が瞑目《めいもく》して深くうなずく。感極まった顔で固まる侍どももいた。政子は袖を顔に動かした。

静の歌と舞、和歌は、異様な昂奮《こうふん》を孕《はら》んだ黙《もだ》を、廻廊にもたらしている。

だが――頼朝の面差しだけが、不穏に険しい。頼朝の細眉がピクリと動く。

「――怪しからぬ」

そのたった一言で、多くの東国武者どもの顔から同情や憐れみ、共感や感動が消える。

武者どもは険しい面持ちになってゆく。家来の顔をたった一言で一つの色に塗り潰した頼朝は、

重々しい声で、

「めでたき神前である！　何ら憚《はばか》らず、反逆者を慕い、別れの曲歌《くせうた》を歌うとは奇怪《きっかい》也！」

頼朝が恐ろしい気迫を叩きつけるも、静は微動だにしなかった。

坂東武者どもが固唾《かたず》を呑む中、政子が、

「恐れながら――。君、流人として豆州《ずしゅう》におわしたまうの頃、吾と浅からぬ芳契ありといえども、我が父は時宜を恐れて……他の男に嫁がせんとしました。しかれどもなお、君をお慕いし、暗夜に駆け出し、深雨に打たれて、君が所に至りました。石橋山《いしばしやま》の戦の時、わたくしは一人、伊豆山にのこり、君の生死をば知らず、日夜魂が消える心地《ここち》がしたものでございます。その憂いというのは……今の静の心の如きもの。義経殿の多年の好《よしみ》を忘れて、恋い慕わずして、どうして真心ある女子《おなご》と言えましょうや？　この者を今、お叱りあそばせば、天下から……真心ある女子が消えてしまいまする。

どうか――まげて、ご賞玩下さいますよう」

頼朝はしばし黙っていたが、やがて深くうなずき憤りを鎮めた。頼朝はこの日、卯《う》の花襲《がさね》の衣を脱いで静に下賜したという。


いよいよ腹が大きくなり、赤子の動きすら感じるようになってきた静の中で――頼朝への恐れがふくらんでいた。頼朝は静と磯禅師を罰しようとはせぬが鎌倉から決して出してくれない。鋭い監視下に、二人は置かれていた。

……また、動いた。……何と強い力。この子は、男の子ではなかろうか？　さすれば、必ず斬られるのではないか……？

静は腹に手を当てて思う。ふつう、身籠った女は、腹の中の子が大きくなるにつれ、みずみずしい希望をふくらませるはず。たとえ不安があるにせよ幸せな気持ちがふくらんでいくのでないか。だが静は逆に体の中の子が大きくなればなるほど、耐え難い不安が膨満してゆくのだ。

夕餉《ゆうげ》の粥をもってきてくれた磯禅師に、

「ねえ、母様……わたしが吉野から都にもどった頃、洛中では平家の血を引く子が次々に鎌倉の軍勢に捕まり、斬られていましたね？」

「……ええ」

静は思い詰めた声様で、

「同じ目に……遭うのでしょうか？」

「同じ、源氏の子ぞ」

苦しげに言う磯禅師だった。もともと、肉置《ししお》き豊かで、腰もたっぷりとしていた磯禅師だが、半年間の辛苦は惨《むご》い刃となり、体から肉を削《そ》ぎ落している。病でないかと心配になるほど頬がこけた白拍子の座長は、

「弟君の和子じゃ。そこまで無惨な真似はされぬと、信じよう」

育ての親の慰めも胸を騒がす波風を鎮めてくれない。

「鎌倉殿は、同じ源氏でも、容赦しません。木曾義仲殿を討ったではありませんか。義仲殿の嫡男、義高《よしたか》殿は、鎌倉殿の姫君、大姫《おおひめ》様の許嫁《いいなずけ》でした。人質として鎌倉に暮していた義高殿と、大姫様は、兄妹同然にそだったといいます。その義高殿も斬ったではありませんか？」

二年前のことである。当時、七歳の大姫は、父、頼朝が将来の禍根を断つべく義高を殺《あや》めようとしていると知るや――深い信頼でむすばれた許嫁の少年を何とかして逃がそう、健気《けなげ》にもかく考えた。大姫は義高に女装させ馬の蹄を綿でつつんで音を消し鎌倉から逃がした。だがすぐに娘の計略は父に知れ、頼朝の追手は入間川《いるまがわ》で義高に追いつき、斬りすてている。

大姫はこの一件以降、頼朝にも母、政子にも激しく怒って心を閉ざし、水も食事も滅多に口にしないようになった。外出を嫌い部屋に閉じ籠っていた。重い心の病にかかってしまったと噂《うわさ》されている。大姫の病は頼朝、政子の胸に常に影を落としており、愛娘《まなむすめ》の快癒は二人の切なる願いであった。

五月十四日、若手の御家人が連れだって、静をたずね、芸を見せよともとめている。磯禅師は彼らに酒を振る舞い、静に代わって、舞った。その席で梶原景茂《かげもち》という御家人が静の体にふれ、口説こうとした。景茂は梶原景時の三男である。静は涙を流し、鋭い口調で景茂を咎めたという。

「豫州は鎌倉殿の御連枝、われはかの妾なり。御家人の身として、いかでか普通の男女と存ぜんや。豫州牢籠《ろうろう》せずば、和主《わぬし》に対面すること、なほあるべからざることなり。いはんや今の儀においてをや（義経様は頼朝様のご兄弟で、わたしは義経様の妾です。御家人の身分で、どうして普通の男女と同じと思うのですか？　義経様が浪々の身にならねば、あなたと対面することなどありません。ましてや、今の振る舞いは、ありえましょうか？）」

五月二十七日。悲愴《ひそう》感を募らせる静に、小さな手を差しのべてくれる人が現れた。

――大姫。

病気快癒のため南御堂《みなみみどう》という寺に籠っていた大姫が静を呼び寄せている。

「そなたが、天下一の白拍子、静か？」

大姫は利発げだが、顔が青ざめ、小柄で痩せた少女であった。寂し気な目をしていた。頼朝にも政子にも、似ていた。

「天下一など……とても」

「近《ちこ》う寄れ」

静が大姫に少し近づくと、大姫も腰を上げて、静に寄ってこようとする。と、老女が、

「姫様。なりませぬ」

謀反人の女と、頼朝の姫が近づきすぎるのを、案じているようである。名と逆に小柄な姫はかすかな溜息《ためいき》をついて元の場所に腰を下ろす。大姫はつぶらな瞳で静をじっと見詰め、

「……そなたの、一番の宝は、何？」

静は長い間、答えられなかった。やがて静の白い手が、体の丸い膨らみにふれて、

「まだ……生れませぬが、この子にございます」

「叔父上の御子か？」

「はい。姫様の宝は？」

大姫は、うつむき、目を閉じ、肩をふるわした。しばらくして、言った。

「無い。壊れてしまった。……壊されてしまった」

侍女たちが、一斉に項垂《うなだ》れる。

静は唇を噛みしめる。大姫は、潤みをおびた目を開けて、不意に、

「そなた……唄は、得意か？」

「白拍子にございますれば、人並み以上には」

「なら、わたしにおしえて。あの御方は、義高様は今様がお好きだった……。だけど、わたしは、下手《へた》。良い声で唄を歌えば、あのお方のご供養になる気がする……」

「喜んでお教えしましょう」

大姫は心から安堵《あんど》したように、

「良かった」

俄《にわ》かに大人びた面差しになった大姫は毅然《きぜん》とした声で、

「そなたが唄をおしえてくれるなら、わたしもそなたの力になりましょう。そなたの宝を――誰にも壊させぬ。わたしが、守る。父上にお頼みします。父上が駄目だとおっしゃったら、母上を通してお頼みします」

光の雫《しずく》を頬にこぼした静は、声を詰まらせて、

「ありがとうございます。この鎌倉で……そのような温かく、たのもしいお言葉をかけて下さった御方は、大姫様が初めてなのでございます」

「安心せよ。大丈夫、わたしが必ず、守る。大切な宝を砕かれるのは、ひどく辛いことじゃ。そのような辛い思いをそなたにはさせぬ。静、これは内緒にしてほしいのですが、わたしは別に……病ではないの……。皆には病と思われているけれど違う。ただ、ただ悲しいだけなのじゃ」

その夜、御殿でやすんでいた頼朝と政子を、大姫がたずねた。

滅多にない訪れに頼朝夫妻が大いに顔を輝かすと、愛娘は、

「お父上……お願いの儀が、あります。わたしのお願いを聞いていただけますか？」

頼朝は笑顔で、

「何でも聞こう、申してみよ」

「真にございますね？……二言は、ありませんね？」

「……うむ」

大姫は深く頭を下げ、

「では——静が生む子を助けてあげて下さい」

頼朝の相貌から、笑みが全く消えた。

頼朝は為政者たる者、百姓には慈悲深くあらねばならぬと考えていたが、敵将の一族に情けをかける必要はないと思っていた。平家や義仲の略奪で傷ついた都の庶人に米をおくるという仏の顔を見せる一方、京のそこかしこに隠れた平家の武将たちの子を、北条時政に探させ、どんなに幼くても斬るという鬼の顔も見せてきた。

だが頼朝自身は、十四歳で平清盛の捕虜となった時、命を助けられている。

清盛は頼朝を斬ろうとするも——清盛の義母、池禅尼《いけのぜんに》が死んだ我が子に頼朝が瓜二つと聞き、どうしても斬らないでくれと懇願したのだ。

……清盛はわしを助けたことで、わしより幼い弟たちまで助けねばならなくなった。牛若などじゃ。清盛に助けられた我ら兄弟が平家を滅ぼした。伊豆に流された頼朝は、いつか平家を討ち、天下を平らかにすると決めていた。……清盛と同じ轍は踏まぬ。義経の子は、天下を乱す。天下を平らかにするという我が望みを壊す以上、たとえ血がつながっていても……。

左様な思惑をいだく父に、大姫は言った。

「御父上は……静の子を、叔父上の御子を、斬るつもりなのですか？」

頼朝は硬い笑みを浮かべ、

「何故……左様なことをそなたが気にする？」

「気になりましょう。その子は、わたしのいとこ。父上にとって、甥御《おいご》か姪御《めいご》でしょう？」

「…………」

頼朝は一気に厳しい面差しになった。

「女子なら、許す」

「男なら？」

「…………」

「斬るのですね？　先ほど、わたしの願いを聞いて下さると……」

「――狡いぞ。大姫」

大姫は、興奮し、

「狡いのは、父上ですっ！」

政子が何か言おうとするも頼朝は手で制し、

「娘一人の願いに――おさまらぬのがわからぬか？　これは、天下《てんが》の仕置にかかわる事柄ぞ。いかに娘の願いとはいえ、天下の仕置を左に右に動かす真似は出来ぬ」

大姫は顔を真っ赤にして――呼吸をひどく乱れさせた。政子は慌てて飛びついて大姫の背中をさすり、

「薬師《くすし》はっ？　薬師は、おらぬか！　薬湯を持て！」

そして、政子は、娘への言い方を責めるように頼朝の顔を睨んだ。


大姫の必死の説得が――頼朝の決定を揺るがすことは全くなかった。

閏《うるう》七月二十九日。静が産んだ子は……男子であった。

頼朝は安達新三郎《あだちしんざぶろう》という侍に命じ静から赤子を取り上げようとするも、静は数刻激しく泣き叫び、決して義経の子をはなそうとはしなかった。新三郎はその間、強い語勢で、子をわたさねば貴女にも害がおよぶと迫りつづけた。遂に耐えかねた磯禅師が泣きながら赤子を奪い、新三郎にわたし、新三郎はその子を由比《ゆい》の浦に沈めた――。

吾妻鏡によれば九月十六日、静と磯禅師は、深く憐れんだ大姫と政子から幾多の宝をあたえられ、鎌倉を立ち去ったという……。静たちは、西へもどっていった。

大姫は七つの時に殺された義高を終生慕いつづけ、頼朝がもってくるあらゆる縁談を拒絶した。ますます食が細くなった大姫は、この十一年後に、病死した。僅か二十歳であった。

＊

昧爽の青き森の中、義経は眠りの淵に沈んでいる。

誰かが義経を揺する。

白い夢が、降ってきた。

――静。

雪山にわけ入る義経を静が泣き疲れた顔で見おくっていた。

吹雪がさっと静を隠す。その雪風が立ち去るや、静はもう消えていて、市女笠をかぶった別の女人が振り返り振り返り、雪山を降りていく姿に切り替わる。山門に立つ自分は両側から僧に押さえられていた。

……母者。

常盤の手で、鞍馬寺にあずけられた、七歳の一日《いちじつ》とわかった。

また、吹雪がまわり、坂は坂でも別の坂が、現れる。幼い今若が雪の坂を殴りつけて泣き喚き、乙若が棒立ちになって嗚咽している。まだ赤子の己は母にいだかれている。

……六波羅に降る坂。

目で見たか、耳で聞いたものを見たと錯覚したのか、頭にこびりつき、はなれない光景だ。

「ご主君。そろそろ参りますぞ」

弁慶の野太い声が義経を現実《うつつ》に引き上げる。

目を覚ました義経は共に逃げる仲間に静がいないと気づき面を翳らせた。

文治三年（一一八七）、静が鎌倉から解放された翌年の春。加賀《かが》国。

義経一行は今、北国街道を奥州に向かって、落ちている。

あれから義経は紀伊山地、比叡山、奈良の大寺などを転々とし、頼朝がのばす捜索の手をどうにか搔い潜っていた。

今日まで義経が頼朝に押し潰されず、命をつなげたのは……僧たち、百姓たち、商人たちの存在が大きい。

略奪を一切しなかった義経軍の振る舞い、庶人にも温かく接した義経の人柄、圧倒的強さを、畿内の人々はよく覚えており、幕府から追われ、朝廷から見放された悲劇の若武者を、隠者や無頼はもちろん、名もなき人々、貧しき人々、低い身分の人々の横のつながりが、粘り強く助け、ささえていたのである。

畿内を中心に逃げ回ってきた義経だが畿内にもどった静とは再会出来ていない。

静の周りには鎌倉が放った諜者が常に張りついており、迎えをつかわしても露見し、斬り殺されてしまうのだ。

かくして吉野を出てから合流した幾人もの股肱、たとえば伊勢三郎義盛などが散った。

——静、奥州に落ちたら迎えをよこす。

静が生んだ子が頼朝に殺されたという話は義経も伝え聞き、ひどく心を痛めた。何とか、再会したい。だが、これ以上、犠牲をふやすわけにはいかない。関東の追及はいよいよ厳しくなり畿内での潜伏はますますむずかしくなっている。義経は遂に、静との合流をあきらめ、遥か北へ動きはじめた。——身を切るような思いであった。

山伏に身をやつし山中を疾走する義経一行は十数人。

弁慶ら生き残った僅かな家来、俊章《しゅんしょう》なる山法師を中心とする支援者たちからなる。

義経は山草を踏んで走りながら、

……我が一族、逃げるという運命《さだめ》に取り憑かれておるのやもな。父御は生れたばかりのわしや母御を置いて逃げ、母御もわしを抱いて大和まで逃げ、わしもまた母御に入れられた鞍馬寺を逃げ、奥羽《おうう》に走り、そこで武者となり、兄上と再会し、義仲や平家を討つも……今は兄上に追われてまた奥羽に落ちておる。

義経は寂し気に笑む。

……人は逃げるわしを無様と笑うだろうか？　愚かと言うだろうか？　他の生き方もあったと……。いや、わしはまたもう一度生きよと言われても同じ生き方をするだろう。なるほど逃げたが、戦いから逃げておるわけではない。むしろ——抗うために逃げておる。己を殺して生きよと申してくる濁流の如き力にしたがうのが嫌で、今、走っておるだけよ。

義経一行は北国街道をふさぐ関を見下ろす雑木林に出た。

街道沿いに、京師では萎みつつある梅が満開に咲き誇り、数多の武者が手強そうな関を固めていた。弁慶が虎髭を撫で、

「……安宅《あたか》の関。富樫左衛門尉《とがしさえもんのじょう》なる男が守っておるとか」

「迂回できそうか？」

義経が問うと、弁慶は地理に精通する俊章に視線を走らせる。俊章が囁く。

「知恵深き富樫のこと。山中にも、狼煙台をつくり、腕利きの武士や狩人を幾ヶ所にも伏せておりましょう。堂々と姿を見せて関所を行く方が、まだ望みは……」

「よっしゃ。わしに策がある」

弁慶の策を聞いた義経は、ゆっくり首肯した。

「その策を採る。――参ろう」

山伏に身をやつした一団は深く息を吸って北国街道に出ると安宅の関に歩み出した。

義経は静と再会できたのか。

――それをつたえるものは何一つない。

静のその後の消息は、謎につつまれている。

引用文献とおもな参考文献

『新編日本古典文学全集　将門記　陸奥話記　保元物語　平治物語』柳瀬喜代志　矢代和夫　松林靖明
信太周　犬井善壽校注・訳　小学館
『新編日本古典文学全集　平家物語①、②』市古貞次校注・訳　小学館
『平治物語』岸谷誠一校訂　岩波書店
『新版　全譯　吾妻鏡　第一巻』永原慶二監修　貴志正造訳注　新人物往来社
『現代語訳　吾妻鏡〈2〉〈3〉』五味文彦　本郷和人編　吉川弘文館
『歴史群像シリーズ⑬　源平の興亡【頼朝、義経の戦いと兵馬の権】』学習研究社
『歴史群像シリーズ⑯　源義経　栄光と落魄の英雄伝説』学習研究社
『源義経　［新版］』安田元久著　新人物往来社
『後白河上皇』安田元久著　吉川弘文館
『探訪日本の古寺5　近江・若狭』小学館

ほかにも沢山の文献を参考にさせていただきました。（著者）

初出　Ｗｅｂジェイ・ノベル

「奔る義朝　源義朝」　二〇二〇年六月十六日配信
「雪の坂　常盤御前」　二〇二〇年四月二十八日配信
「歌う老将　源頼政」　書下ろし
「落日の木曾殿　源義仲」　二〇二〇年八月十八日配信
「しずのおだまき　静御前」　二〇二〇年十二月二十二日配信（「囚われの舞姫」改題）

［著者略歴］
武内 涼（たけうち・りょう）
1978年群馬県生れ。早稲田大学第一文学部卒。映画、テレビ番組の制作に携わった後、第17回日本ホラー小説大賞の最終候補作となった原稿を改稿した『忍びの森』で2011年にデビュー。15年「妖草師」シリーズが徳間文庫大賞を受賞。主な著書に『秀吉を討て』『駒姫—三条河原異聞』『敗れども負けず』『東遊記』『暗殺者、野風』『阿修羅草紙』、「源平妖乱」シリーズなど多数。

源氏《げんじ》の白旗《しらはた》 落人《おちうど》たちの戦《いくさ》

2021年7月15日 初版第1刷発行

著 者／武内 涼
発行者／岩野裕一
発行所／株式会社実業之日本社
〒107-0062
東京都港区南青山5-4-30 CoSTUME NATIONAL Aoyama Complex 2F
電話（編集）03-6809-0473 （販売）03-6809-0495
https://www.j-n.co.jp/
小社のプライバシー・ポリシーは上記ホームページをご覧ください。

ＤＴＰ／ラッシュ
印刷所／大日本印刷株式会社
製本所／大日本印刷株式会社

ISBN978-4-408-53788-7（第二文芸）